Une promotion royale

CATHY WILLIAMS

Une promotion royale

Traduction française de
MARIE BACHÉ

AZUR

HARLEQUIN

Collection : Azur

Titre original :
ROYALLY PROMOTED

HARPERCOLLINS FRANCE
83-85, boulevard Vincent-Auriol, 75646 PARIS CEDEX 13
Service Clients — https://www.harlequin.fr/contenu/contactez-nous
ISBN 978-2-2805-1510-8 — ISSN 0993-4448

Édité par HarperCollins France.
Composition et mise en pages Nord Compo.
Imprimé en mars 2025 par CPI Black Print (Barcelone)
en utilisant 100% d'électricité renouvelable.
Dépôt légal : avril 2025.

FSC www.fsc.org MIXTE Papier issu de sources responsables FSC® C159065

Pour limiter l'empreinte environnementale de ses livres, HarperCollins France s'engage à n'utiliser que du papier fabriqué à partir de bois provenant de forêts gérées durablement et de manière responsable.

1

— Vous êtes trempée ! Et je vous signale que vous êtes surtout en retard.

Adossé au fauteuil en cuir de son bureau, Malik contempla son assistante, la tête légèrement penchée sur le côté. Elle se tenait sur le seuil, dégoulinante de pluie, et elle essorait du mieux qu'elle le pouvait les mèches épaisses de ses cheveux.

Lucy Walker travaillait pour lui depuis un peu plus de trois ans. Elle était petite et voluptueuse, ses cheveux blonds et bouclés formaient une crinière indomptable, et quand elle souriait, son visage s'ornait de fossettes qui avaient le don de le déstabiliser, surtout lorsqu'il la réprimandait.

Comme maintenant, par exemple.

Malik avait renoncé à se demander comment elle avait pu tenir le coup aussi longtemps dans la mesure où, sur de nombreux aspects, Lucy n'était pas le genre de candidate qu'il aurait sélectionnée pour le poste de haut niveau qu'elle occupait.

Mais lorsqu'elle s'était présentée à l'entretien d'embauche, elle l'avait impressionnée par sa connaissance approfondie des rouages de la Bourse. Elle l'avait informé qu'il n'y avait rien qu'elle ne soit capable d'accomplir, puis, en lui adressant son sourire mutin, elle l'avait mis au défi de lui confier une tâche, afin de prouver sa valeur.

Malik lui avait laissé exactement dix minutes pour présenter des projections d'investissements de plusieurs millions dans différentes entreprises et la réponse de Lucy, moins de cinq minutes plus tard, l'avait bluffé.

La jeune femme était très franche et semblait totalement immunisée contre ce qui – Malik le savait – était une facette de sa personnalité qui faisait réfléchir à deux fois ceux qui s'apprêtaient à le contredire. Dans tous les domaines de la vie, il était à la fois craint et respecté. Sauf par elle.

Lucy se débarrassa de son imperméable en le posant sur le dossier de la chaise qui faisait face à son bureau, indifférente à la flaque d'eau qui commença aussitôt à se former sur le tapis précieux qui recouvrait le sol.

— Vous avez vu ce temps, Malik ? C'est un scandale. Comment expliquer que ces météorologistes surpayés soient à ce point incompétents ? Ils n'ont fait aucune mention de l'orage ce matin, quand j'ai allumé la télé. Soleil et averses, voilà ce qui était annoncé !

— Peut-être auriez-vous dû prêter davantage attention au mot « averse » dans le bulletin météo, lança-t-il avant de jeter un coup d'œil à sa montre. Il est plus de 9 h 30, Lucy.

— Je vous aurais bien envoyé un SMS mais mon portable était à court de batterie... Mais je suis là, maintenant, et dans les starting-blocks. D'ailleurs, j'ai beaucoup réfléchi à cette société informatique sur laquelle vous souhaitez mettre la main.

— Vous devriez aller mettre des vêtements secs.

Lucy grimaça.

— Dans ce cas, il va falloir que j'aille faire un tour de shopping. J'ai remporté les affaires de rechange que je gardais ici il y a deux semaines. J'en avais marre des tenues de travail grises et bleu foncé et je me disais que, puisque Noël approche, ce serait plus joyeux d'opter pour des couleurs vives.

— Nous sommes en septembre.

Malik soupira lourdement avant de la contempler d'un air

maussade. Puis il pressa l'un des boutons de son téléphone. Aussitôt, l'une de ses secrétaires fit irruption dans son bureau.

— Monsieur ? dit-elle en regardant avec un amusement mal dissimulé son assistante trempée.

— Pouvez-vous aller acheter des vêtements secs à Lucy ? demanda Malik à Julia, qui était aussi l'assistante de l'un de ses collaborateurs. Je me fiche de savoir où. Prenez la carte de la société et faites vite, je vous prie.

— Malik..., intervint Lucy.

Il se tourna vers elle et fronça les sourcils d'un air impatient.

— J'ai besoin de vous ici tout de suite. Je ne veux pas vous voir perdre une heure à aller faire des courses.

— C'est noté.

— Allez chercher une serviette au vestiaire pour vous sécher. Hors de question de vous voir poser un congé maladie, sous prétexte que vous avez attrapé la grippe.

— Croyez-moi, c'est la dernière chose que je souhaite, moi aussi.

Julia s'était déjà précipitée dehors, promettant d'être de retour dans moins d'une demi-heure. Malik fixa la porte qu'elle venait de refermer d'un air songeur. Comment son assistante pouvait-elle être aussi têtue alors qu'il suffisait qu'il claque des doigts pour que tous les autres êtres humains de cette planète se mettent au garde-à-vous ?

— Dépêchez-vous, Lucy. Il y a des sujets importants dont j'aimerais vous parler. Le temps presse.

Ignorant son ordre, la jeune femme s'assit sur la chaise en repoussant son imperméable mouillé qui glissa au sol.

— Laissez-moi d'abord vous expliquer, sinon vous allez être d'humeur massacrante avec moi toute la journée, déclara-t-elle en dessinant sur son visage une de ses fossettes. Il faisait si beau et ensoleillé ce matin à 7 heures, quand je suis partie, que j'ai décidé de venir à pied. J'ai besoin de faire de l'exercice et je ne prends pas assez l'air, ces derniers temps. Donc...

— Venez-en fait, Lucy.

— Donc, je suis partie. Normalement, cela aurait pris quarante-cinq minutes, mais soudain le ciel s'est couvert et, là, on ne pouvait plus parler d'averse. C'était le déluge ! Pour couronner le tout, le métro est en grève aujourd'hui et les bus étaient bondés. J'en ai attendu un une demi-heure, en vain, si bien que j'ai dû me résoudre à marcher sous la pluie battante. Vous devriez voir l'état des rues, Malik. D'ailleurs, ce ne sont plus des rues mais des canaux. On se croirait à Venise.

— Vous est-il venu à l'idée d'acheter un parapluie ? demanda-t-il d'un ton grave, résolu à ne pas sourire.

— Pas vraiment, non. Je pensais que le vent allait s'arrêter. Et puis, tout était un peu chaotique.

— Je ne vous paie pas aussi généreusement pour que ce soit chaotique.

— Je sais...

Lucy se leva et esquissa une grimace en baissant les yeux vers ses vêtements trempés. Elle lui annonça qu'elle revenait dans une minute, le temps de s'enrouler dans une serviette qui la sécherait un peu.

— Puis-je vous apporter un café ? proposa-t-elle gaiement avant de sortir.

— Contentez-vous de vous sécher, répliqua-t-il en la congédiant d'un geste de la main.

Il la regarda s'éclipser par la porte du bureau qu'elle referma derrière elle.

Ce n'est pas ainsi que Malik avait prévu de commencer la journée. D'ailleurs, celle-ci avait réellement débuté de façon cauchemardesque et imprévisible à 4 heures du matin, quand sa mère l'avait appelé pour lui annoncer que son père avait eu une crise cardiaque. On venait de l'emmener en urgence à l'hôpital. À son habitude, sa mère ne s'était pas départie de sa voix calme et dénuée d'émotion. Le seul indice qui montrait une certaine agitation sous son apparence tranquille avait été un léger tremblement dans son intonation quand, après quelques secondes d'hésitation, elle avait précisé que les médecins réservaient leur pronostic. La journée allait être longue.

« J'arrive dès que je peux », avait-il déclaré, pensant déjà aux répercussions que la mort de son père pourrait avoir sur sa vie.

Et celles-ci n'étaient pas négligeables. À trente-deux ans, Malik revenait assez rarement dans son pays natal. Ici, à Londres, il dirigeait l'empire familial, dont l'immense fortune était gérée avec une précision militaire par une équipe de gestionnaires de fonds spéculatifs et de banquiers d'affaires hautement qualifiés.

Malik supervisait le tout, s'occupant parallèlement de développer les projets personnels qui lui tenaient à cœur : des investissements dans l'énergie verte et l'immobilier qui avaient fait de lui un milliardaire, indépendamment des richesses de sa famille.

Cette existence lui convenait. Revenir au Sarastan, où ses parents vivaient dans une splendeur palatiale, ainsi que l'exigeait leur statut royal, offrait toujours à ces derniers l'occasion de lui montrer leur désapprobation vis-à-vis de son statut marital.

Ou plutôt de son absence de statut…

À leurs yeux, il était plus que temps que Malik perpétue la lignée familiale.

Ici, à Londres, il pouvait repousser cette vérité gênante dans un recoin de son esprit. Mais maintenant ?

Il fronça les sourcils en attendant le retour de Lucy.

Son père avait été transporté d'urgence à l'hôpital et Malik savait exactement ce que cela signifiait. *Fini, la détente.*

Bien sûr, il pourrait toujours vivre à Londres. Il ferait des voyages plus fréquents pour contrôler la gestion des différentes branches de l'entreprise familiale et s'assurer que le pétrole continue à être pompé et exporté comme il se doit – sans parler des autres filiales qui se cachaient sous la houlette d'Al-Rashid.

Mais le moment de prendre femme était venu.

Sa mère allait-elle aborder le sujet de front, étant donné les circonstances ? C'était une personne froide et altière, peu encline à partager des confidences intimes et préférant toujours que Malik reçoive les messages qu'elle voulait lui transmettre par le biais d'une combinaison de silences révélateurs et d'apartés désapprobateurs.

Son père n'était guère plus communicatif. Le devoir et l'obligation étaient au premier plan de leurs vies rigoureusement contrôlées.

Confronté à cette issue incertaine, Malik sentait peser sur lui le poids du devoir. Qu'il le veuille ou non, il se trouvait désormais à la croisée des chemins.

Assailli de pensées plus sombres les unes que les autres, il leva les yeux et aperçut son assistante dans l'encadrure de la porte. Ses cheveux étaient essorés et elle avait revêtu une tenue entièrement différente : une jupe grise, un chemisier blanc et un pull gris à col V. Julia avait fait vite, mais surtout elle avait dû prendre un malin plaisir à choisir des vêtements que Lucy aurait mis un point d'honneur à ne jamais porter.

— Asseyez-vous.

— Vous ne m'en voulez plus d'être arrivée en retard, n'est-ce pas ?

Il l'observa tandis qu'elle tirait sur les pans de la jupe et remontait les manches de son pull.

— Considérez l'incident clos, à condition qu'il ne se répète pas. La prochaine fois que vous décidez de vous rendre à pied au travail, songez à vérifier que le métro fonctionne et, tant qu'à faire, jetez un œil plus précis au bulletin météo.

— C'est promis, déclara Lucy d'un air mutin. Et je penserai aussi à acheter un parapluie.

Elle prit place en face de lui et ouvrit son ordinateur portable avant de consulter attentivement l'écran. Elle avait des yeux incroyables, d'une couleur bleue presque violette qui contrastait de manière spectaculaire avec le blond doré de ses cheveux. Avec ses courbes généreuses et la façon adorable dont ses fossettes se creusaient à chacun de ses sourires, elle était absolument ravissante.

— Vous serez heureux d'apprendre que j'ai traité l'ensemble des rapports que vous m'avez remis vendredi. J'ai aussi pu joindre la société de biocarburants qui a attiré votre attention. Ils m'ont promis de nous envoyer leur solde de compte avant demain, ajouta Lucy en souriant. Même chose pour l'entreprise technologique que vous envisagez d'acquérir.

— Vous avez passé votre week-end à travailler ?

— Quelques heures, c'est tout. Inutile de me remercier.

Malik la regarda, hésitant.

Ce fut pour Lucy le premier signe tangible que cette journée ne se déroulerait pas comme d'habitude. En contemplant les traits finement sculptés du visage incroyablement beau de son patron, elle fut momentanément déconcertée. Car jamais elle ne l'avait vu hésiter avant cet instant.

Elle travaillait pour lui depuis un peu plus de trois ans et il était l'homme le plus déterminé, brillant et sûr de lui qu'elle ait rencontré. Il pouvait également se montrer impitoyable et froid, mais pour Lucy, ces facettes de sa personnalité étaient éclipsées par d'autres traits plus convaincants.

Elle savait qu'il était craint mais, étrangement, il ne l'avait jamais intimidée, même lorsqu'elle était entrée dans son bureau, la première fois, après avoir passé des entretiens préliminaires exténuants. C'était alors le dernier obstacle à franchir pour décrocher le poste qu'elle convoitait.

Malik al-Rashid lui avait lancé un défi sur une question boursière qu'elle avait relevé en la moitié du temps imparti, résistant à la tentation de lui demander s'il n'avait rien de plus difficile dans sa manche. Alors qu'elle se préparait à sortir du bureau, il lui avait demandé pourquoi elle pensait mériter ce poste, alors que des candidats plus qualifiés faisaient des pieds et des mains pour l'obtenir. Lucy avait gardé le silence quelques secondes, puis elle avait souri en lui déclarant que cette question ne lui traverserait plus l'esprit dans un an, car alors elle aurait fait ses preuves depuis longtemps.

Elle savait que sa capacité à se montrer franche avec Malik, qu'il soit d'accord ou non avec elle, avait grandement contribué à gagner son respect, qu'elle bénéficie d'un diplôme universitaire ou pas.

C'était le seul outil sur lequel Lucy avait pu compter dans son enfance pour se faire entendre au milieu de ses cinq sœurs. Étant l'unique membre de sa famille à ne pas avoir suivi d'études supérieures, elle avait dû s'affirmer très tôt pour ne pas se faire écraser par les autres.

— Vous me regardez comme si vous vouliez m'annoncer une mauvaise nouvelle, déclara-t-elle, légèrement mal à l'aise. Vous ne comptez pas me virer, au moins ?

— Ce n'est pas mon intention.

— Dieu merci ! Je n'ai aucune envie de retourner dans la fosse aux lions du marché du travail.

— J'ai reçu un appel très tôt ce matin, Lucy. C'était ma mère qui m'a informé que mon père avait été emmené d'urgence à l'hôpital. Il a subi un triple pontage cardiaque cette nuit. Les médecins ignorent encore si l'opération a réussi.

— Oh non ! s'exclama-t-elle en se levant avant de se rasseoir rapidement.

Lucy était émotive, certes, mais son patron ne l'était pas et il n'aurait sûrement pas apprécié qu'elle vienne le serrer dans ses bras. Et puis, la simple idée de faire un tel geste lui provoquait un curieux picotement sur la peau…

— Je suis vraiment désolée, Malik, reprit-elle. Vous devez être dévoré d'inquiétude. Comment votre mère le prend-elle ?

— Aussi bien qu'on puisse l'espérer.

— Je suppose que vous souhaitez y aller. Voulez-vous que je vous réserve un vol ?

— Oui, répondit-il à voix basse. J'y passerai sans doute quelques semaines. Je dois voir comment se présente la situation là-bas. Bien sûr, je reviendrai à Londres ensuite, mais dans l'intervalle, je vais devoir prendre des dispositions pendant que mon père récupère. En supposant que le pire soit écarté.

— Le pire ?

— S'il ne survit pas, répliqua Malik.

Lucy devina à son regard qu'elle avait pâli. Son patron savait qu'elle avait du mal à cacher ses émotions, et même si pour lui ce trait de caractère était clairement un défaut, il avait fini par l'accepter et avait renoncé à lui conseiller de s'endurcir.

— Oh ! ne pensez pas à cela, Malik ! Le plus important à présent est de rester positif. C'est ce qu'on appelle la loi de l'attraction. Enfin, il me semble. Que puis-je faire pour vous aider ? Je suis tellement désolée...

— C'est la vie, répondit-il d'un ton ferme. Et pour info, je vais faire l'impasse sur ces théories à la noix. Je suis réaliste et je me prépare à toutes les éventualités. Mais ne nous attardons pas là-dessus. Revenons au fait que je vais être à l'étranger pendant un certain temps.

— Oui, bien sûr.

Comment l'entreprise allait-elle fonctionner sans lui pendant si longtemps ? Cela dit, Malik s'était entouré au fil des années d'une équipe de collaborateurs qui pouvaient travailler en quasi-autonomie tant leur niveau d'excellence et leur loyauté envers leur patron étaient élevés.

Ce qui amena Lucy à la question suivante : où se situait-elle dans tout cela ?

Elle repensa à l'ombre d'hésitation qui avait traversé le visage de Malik un peu plus tôt. Il n'allait pas la licencier mais peut-être envisageait-il de lui accorder une période de congés avec salaire minimum…

Pourvu que ce ne soit pas cela. Bien qu'elle soit entourée de sœurs très diplômées et influentes, Lucy était à égalité avec elles en matière de revenus et elle avait épargné autant qu'elle le pouvait, dans l'espoir de s'acheter son propre appartement.

Elle avait besoin de prouver qu'elle pouvait réussir sans diplôme, car tout le monde y était allé de son commentaire lorsqu'elle avait abandonné l'université sur un coup de tête, des années auparavant. En une minute, sa valise était prête pour Durham, et la minute suivante, ses affaires étaient déballées et Lucy tournait le dos à tout ce que sa famille attendait d'elle.

Adieu les études de mathématiques et d'économie. Bonjour l'école technique d'Exeter, aussi loin que possible de leur maison familiale dans le Surrey verdoyant.

Personne n'avait compris ce qui s'était passé et elle avait gardé le secret. Mais jamais elle ne s'était sentie aussi seule qu'à ce moment-là, au milieu du brouhaha chaleureux des siens.

Car comment aurait-elle pu leur avouer à quel point elle s'était comportée comme une idiote ? Comment admettre qu'elle était tombée éperdument amoureuse d'un séducteur qui lui avait fait tourner la tête avant de tourner les talons à l'instant même où elle lui annonçait qu'ils avaient commis une erreur très coûteuse ?

Elle n'avait pu se résoudre à la honte de devoir avouer à sa famille qu'elle était tombée enceinte par accident.

Deux de ses sœurs étaient déjà mariées et avaient des enfants dont la conception avait été minutieusement planifiée. Par le passé, elles avaient souvent discuté entre elles de ces filles qui tombent enceintes sans le vouloir.

Comment diable cela avait-il bien pu lui arriver à elle ?

C'était pourtant simple de se procurer une pilule.

Une semaine après avoir été abandonnée, Lucy avait fait une fausse couche. Sa grossesse était précoce et pourtant elle avait ressenti une souffrance immense. Elle avait délaissé tout ce qu'on attendait d'elle et s'était lancée sur une autre voie. Elle ne l'avait pas regretté. Car ce choix l'avait menée au travail le plus intéressant et le mieux rémunéré qui soit, auprès d'un patron passionnant. Tout cela, sans être exposée au stress constant auquel ses sœurs étaient confrontées dans leurs domaines de prédilection, la médecine et le droit.

Grâce à son salaire important, Lucy avait pu louer à un prix exorbitant un modeste studio dans le nord de Londres.

La perspective de voir partir Malik pour des rivages lointains et pour une durée indéterminée assombrissait donc son avenir. Là-bas, c'est sûr, tous les hommes d'affaires bénéficiaient de leurs propres assistantes.

Allait-on la clouer au bureau d'un de ses collaborateurs durant son séjour au Sarastan ?

Tandis qu'elle regardait Malik qui semblait à nouveau hésiter, elle fut en proie à un doute inhabituel et, au lieu de lui demander directement ce qu'il se passait – comme à son habitude –, elle se contenta de se mordiller la lèvre inférieure.

Parfois, mieux valait ne pas poser de question pour éviter de recevoir une réponse que l'on ne voulait pas entendre.

— Vos parents seront certainement ravis de vous avoir avec eux, dit-elle rapidement. Je suis sûre que votre père va se remettre et qu'il sera en pleine forme rapidement.

Soudain, Lucy se demanda ce que cela lui ferait de ne plus se réveiller le matin pour se rendre au bureau où Malik l'attendait avec une tonne de consignes pour la journée. Son cœur fit un bond quand elle comprit à quel point cela allait lui manquer.

Malik haussa les sourcils.

— Il faut être positif, j'ai bien compris votre message. Inutile d'insister. Mais je suppose que vous vous demandez où vous vous situez dans ce tableau, n'est-ce pas ?

— Vous vivez un moment difficile, murmura-t-elle en rougissant. Ne vous préoccupez pas de moi. L'essentiel est que vous soyez là pour votre famille. Vos parents ont besoin de vous.

— C'est très généreux de votre part, Lucy, et c'est là que vous intervenez. J'aurai beaucoup de travail là-bas. Naturellement, je veillerai à ce que tout soit mis en place ici pour couvrir mon absence. Même si une grande partie des dossiers pourront être traités à distance, je devrai toutefois m'assurer que tout se déroule sans accroc à Londres. Comme vous le savez, il y a beaucoup de transactions en cours en ce moment et il n'est pas question de les laisser tomber.

— Bien sûr. Même si…

— Même si ?

— Eh bien, je peux m'assurer que tout avance comme prévu si vous désignez quelqu'un pour vous remplacer temporairement. Vous connaissez ma motivation et savez que je suis capable de gérer la plupart de ces transactions. Pour une durée limitée, cela peut fonctionner.

— Je déteste vous l'annoncer de cette manière, Lucy, mais malgré votre expertise, je suis absolument irremplaçable.

Elle haussa les sourcils sur le coup de la surprise.

— Vous avez une très haute opinion de vous-même ! lança-t-elle sans pouvoir réprimer un sourire.

Il lui rendit son sourire et elle eut le sentiment qu'une flamme venait de la brûler.

Malik était sous tension depuis que sa mère l'avait appelé. Bien sûr, il était inquiet pour la santé de son père, mais au-delà de cela, la situation avait généré une série de conséquences dont aucune conclusion ne lui était particulièrement agréable, et qu'il devait toutes traiter.

Mais il devait reconnaître que la présence de Lucy le détendait.

Cette femme lui redonnait de l'énergie, avec son irrévérence désinvolte. Personne d'autre sur terre ne se comportait aussi naturellement avec lui et cela lui plaisait malgré lui.

— Vous me connaissez bien, marmonna-t-il avec un demi-sourire qui quitta ses lèvres aussi vite qu'il était apparu.

Puis il se leva brusquement et se dirigea vers la fenêtre.

Lucy le suivit des yeux.

Malik était d'une beauté stupéfiante qui ne cessait de l'impressionner. Tout en lui était éblouissant, de la perfection ciselée de ses traits durs et arrogants à la grâce de son corps longiligne et musclé. Il mesurait plus d'un mètre quatre-vingt-dix et sa silhouette athlétique aurait pu lui valoir la une d'un magazine de mode. Il était très discret et, bien qu'elle travaille à ses côtés depuis plus de trois ans, Lucy ne lui avait connu qu'une petite amie. Une magistrate qui, ainsi qu'elle l'avait appris plus tard, avait été la plus jeune femme à être nommée avocat de la couronne.

De cette rencontre, Lucy s'était fait une idée du genre de femmes qu'il appréciait : des beautés grandes et sophistiquées qui menaient leur carrière d'une main de maître en portant des vêtements de créateur élégants. Des femmes qui n'auraient jamais une tache de café ni un pli sur leurs chemisiers et qui ne choisiraient surtout pas des couleurs vives pour s'habiller au mois de septembre.

Malik aimait le luxe et le raffinement et il pouvait facilement s'offrir les deux. Pourquoi ne s'était-il jamais marié ? Lucy l'ignorait, mais après tout il était encore jeune et immensément riche. Il avait donc des années devant lui pour en profiter autant qu'il le souhaitait avant de se caser.

Bien que Malik soit à des années-lumière de l'horrible type avec qui elle était sortie, Lucy savait que jamais elle ne le considérerait autrement que comme son patron, aussi attirant soit-il. Parce que son comportement montrait clairement qu'il ne cherchait pas à s'engager.

Le chagrin, la désillusion et la solitude qui avaient accompagné sa désastreuse expérience avaient forgé en elle une certitude : l'homme avec qui elle partagerait sa vie serait prêt à s'impliquer et à offrir son cœur. Dans le cas contraire, il ne vaudrait pas mieux que l'ordure qui l'avait séduite avant de l'abandonner en se contentant de lui envoyer un SMS.

Lucy connaissait suffisamment bien Malik à présent pour savoir que jamais il ne ferait une chose pareille. Mais cet homme n'était pas disposé à s'engager avec une femme sur le long terme, alors si elle se limitait à laisser ses yeux et son imagination vagabonder de temps à autre, cela n'irait pas plus loin.

De toute façon, la question ne se posait pas dans la mesure où Malik ne jetterait jamais un regard dans sa direction. Elle pensa distraitement à son amie Helen, mariée à son patron milliardaire et enceinte de leur premier enfant. C'était l'exception qui confirme la règle, elle devait l'admettre à contrecœur.

Helen était dans la retenue et auréolée de mystère. Elles étaient sorties plusieurs fois ensemble et Lucy avait repéré la façon dont les hommes regardaient Helen furtivement. Bien sûr, celle-ci ne semblait pas le remarquer, mais au début elle était obnubilée par le deuil de son histoire avec George, son premier fiancé. Puis, sans même s'en rendre compte, l'esprit de son amie avait été accaparé par l'amour qu'elle éprouvait pour son patron.

À l'inverse, Lucy était tout sauf secrète. Dans la famille bruyante et expressive où elle avait grandi, être mystérieuse aurait signifié disparaître. D'ailleurs, son père plaisantait souvent en déclarant qu'il devait prendre rendez-vous pour avoir son mot à dire.

Lucy repensa à Malik et à la façon dont il avait énoncé froidement ce qui était arrivé à son père.

— Prêtez-vous une once d'attention à ce que je suis en train de vous dire, Lucy ?

Elle revint à la réalité en clignant des yeux et aperçut son patron qui la fixait d'un air renfrogné. Il était dos au soleil dont les rayons filtraient à travers la fenêtre et sa silhouette sombre et menaçante lui coupa momentanément le souffle.

— Je vous demande pardon, j'étais à des milliers de kilomètres.

— Concentrez-vous. Je parle de votre avenir immédiat et des conséquences que cette situation nouvelle va avoir sur votre vie.

Lucy se redressa, soudain tendue. Elle glissa une mèche de cheveux indisciplinés derrière son oreille et jeta un regard consterné aux vêtements que sa collègue avait choisis pour elle. Alors qu'elle aimait les couleurs vives, Julia avait opté pour des teintes qui lui évoquaient de l'eau de vaisselle sale. Enfin... cette tenue s'accorderait sans doute au cours que sa vie allait bientôt prendre et elle ne put réprimer un frisson d'appréhension.

— Je suis concentrée, murmura-t-elle.

— Je vais devoir partir très vite – probablement d'ici demain soir. J'ai organisé une réunion du conseil d'administration avec mes dix collaborateurs les plus proches pour les tenir au courant.

— Et moi ?

— C'est là que cela risque d'être un peu délicat.

Malik s'interrompit en se passant la main dans les cheveux et une fois de plus, il parut hésiter.

— Pourquoi ne pas me dire simplement ce qu'il en est ? lança Lucy avec sa franchise habituelle. Depuis quand vous retenez-vous avec moi ? Je suis une adulte. Je peux le supporter. Vous m'avez déclaré que je ne serais pas licenciée à votre départ pour le Sarastan, mais dans ce cas que vais-je devenir ? Je suis sur le point d'être rétrogradée en secrétaire, c'est cela ? Ou alors, vous voulez que je porte une blouse et que je fasse le ménage, une fois que les salariés auront quitté le bureau ?

Malik leva les yeux au ciel et elle s'efforça de retenir un sourire. Elle savait qu'il était habitué à son imagination débordante.

— L'option privilégiée serait que vous m'accompagniez, Lucy. Je ne pourrai pas trouver sur place quelqu'un d'aussi efficace que vous. Vous connaissez les procédures de fusions-acquisitions ainsi que les ficelles du métier quand il s'agit de traiter avec les clients.

— Vous voulez que je vienne avec vous ?!

Malik retourna s'asseoir à son bureau.

— Je comprends que cela puisse être un problème et je veillerai naturellement à ce que vous soyez rémunérée en conséquence, énonça-t-il d'une voix grave.

Lucy le regarda en silence tandis que son esprit était assailli par mille pensées contradictoires.

— Vous m'avez dit ne pas savoir combien de temps durerait votre séjour là-bas, lui rappela-t-elle doucement.

— En effet. Tout dépendra de la durée de convalescence de mon père, à supposer qu'il s'en sorte. Je ne peux donc fixer d'échéance pour ces raisons évidentes, ce qui rend la situation encore plus inconfortable, je le sais bien. J'y ai réfléchi et je vous propose d'établir un contrat qui vous permettra de vous désengager si vous trouvez les conditions trop contraignantes.

— Trop contraignantes, répéta-t-elle, confuse.

— Vous avez une vie bien remplie ici, poursuivit Malik sans détour. Vous la perdrez à l'instant où vous accepterez mon offre.

Il s'interrompit, hésitant et plissa les yeux en la fixant.

— J'ignore s'il y a un petit ami dans cette vie. Et si c'est le cas, seriez-vous prête à le quitter temporairement ? Comme je vous l'ai dit à l'instant, j'ignore combien de temps ma présence sera nécessaire au Sarastan. Il s'agit d'être là pendant que mon père se rétablit, mais aussi de régler les affaires de ma famille. Je ne peux donc vous donner de calendrier précis. Pour le moment, tout est en suspens...

— Je... je...

— J'aimerais vous donner le temps de réfléchir à ma proposition, Lucy. Tout cela est si soudain. Mais si cela vous convient, il faudrait que vous preniez vos dispositions pour me rejoindre avant la fin de la semaine.

— « Cette » semaine ?

— Si vous êtes locataire, tous vos loyers seront pris en charge jusqu'à votre retour afin que vous conserviez votre logement. Si vous êtes propriétaire, ce sera la même chose pour vos remboursements d'emprunts. *Idem* pour l'ensemble de vos factures et vos charges. Quant à votre salaire, je vous propose de le tripler, le temps que durera votre séjour dans mon pays.

— Le « tripler » ?

— Vous répétez ce que je dis comme un perroquet.

— Pouvez-vous me blâmer ? Cela fait beaucoup à intégrer d'un coup !

— Par ailleurs, votre compte bancaire sera largement approvisionné pour couvrir vos dépenses subsidiaires imprévues telles que l'achat de vêtements, de produits de beauté ou… tout ce que vous avez l'habitude de dépenser.

— Ai-je l'air de quelqu'un qui se ruine en cosmétiques ? répliqua Lucy distraitement tandis que son esprit faisait des bonds dans tous les sens. Si c'était le cas, mes cheveux seraient plus disciplinés, croyez-moi.

— Vous n'avez pas répondu à ma question, Lucy. Y a-t-il quelqu'un dans votre vie ? Quelqu'un qui pourrait vous empêcher de partir ?

— C'est possible, répondit-elle d'un ton désinvolte. Cependant, je dois préciser que si un tel homme existait, je ne lui permettrais jamais de me dicter la façon dont je choisis de mener ma vie.

— S'il existe, il doit être bien patient…

— De nos jours, Malik, les hommes ne décident pas à la place des femmes. Tout est une question de partenariat et d'égalité.

Elle vit qu'il souriait d'un air amusé et elle ne put réprimer un léger frisson en l'imaginant avec une femme.

— Et si je choisissais de ne pas venir ?

— Naturellement, vous conserveriez votre emploi, répondit Malik. Mais en toute honnêteté, vous n'auriez pas grand-chose à faire ici car mes collaborateurs ont déjà des assistantes dévouées. Bien sûr, vous pourriez passer le balai, mais plus sérieusement vous seriez mise en congé temporaire jusqu'à mon retour. Vous garderiez votre salaire, bien entendu, à moins que je décide de limiter mon temps à Londres et de m'installer plus définitivement au Sarastan.

— Quelle est la probabilité pour que cela arrive ? demanda-t-elle en pâlissant.

— Qui sait ? répondit Malik en haussant les épaules.

Lucy fronça les sourcils, songeuse. Elle savait que son brillant et charismatique patron cachait une main de fer dans un gant de velours et elle avait la désagréable impression qu'il existait des limites bien définies à son indulgence envers elle.

Entre eux, le compromis était clair jusqu'ici. Malik lui autorisait son irrévérence et, en échange, elle lui faisait bénéficier de ses talents qui incluaient le calcul des chiffres dans lequel elle était exceptionnellement douée, mais aussi un don pour communiquer avec les gens, de sorte qu'il pouvait lui déléguer de nombreuses tâches impliquant des clients importants à gérer à sa discrétion.

Mais ce compromis n'était pas gravé dans le marbre.

Que sacrifierait-elle en l'accompagnant dans son pays pendant quelques semaines ?

Sans doute beaucoup de moments avec sa famille. Des dîners, des films et quelques déjeuners au pub avec ses amies…

— Mais où habiterai-je ? demanda-t-elle, piquée par la curiosité. Et là-bas, quels seront mes horaires de travail ? Et puis, que ferai-je pendant mon temps libre ?

— Sur le plan professionnel, votre activité ressemblera beaucoup à celle que vous menez ici. Le cadre sera différent, Lucy, mais votre travail restera le même.

Il s'interrompit et son beau visage afficha un sourire ironique.

— Croyez-moi, le Sarastan est un pays extrêmement riche

et ma famille fait partie des plus fortunées du pays. Nous avons un… statut particulier. Vous constaterez que votre vie là-bas ne manquera d'aucun confort.

— Un statut particulier ? Qu'est-ce que cela veut dire ?

— Nous sommes de lignée royale, précisa Malik. D'un point de vue pratique, vous devrez adopter un code vestimentaire plus adapté à la chaleur. Par ailleurs… vous vous rendrez compte rapidement que ma famille et mes parents sont des personnes très réservées. Il leur faudra peut-être un certain temps pour s'adapter à votre… euh… exubérance.

Lucy comprit le message et éclata de rire.

— Je ferai de mon mieux pour contenir mon enthousiasme, lança-t-elle en souriant.

— Vous pourrez être aussi exubérante que vous le souhaitez quand vous êtes avec moi, concéda Malik avec une pointe d'ironie dans la voix. Pour être honnête, je trouverais bizarre de travailler avec une version calme de la Lucy que je connais. Alors, avez-vous décidé de ce que vous alliez faire ?

— C'est d'accord. Je vous accompagne.

Maintenant qu'elle avait pris sa décision, un frisson d'aventure la parcourut. À la réflexion, elle était follement excitée à l'idée de s'éloigner du quotidien prévisible de sa petite vie.

— Je vous enverrai un mail pour vous préciser les derniers détails, notamment ce que vous devrez emporter avec vous.

Malik s'interrompit et leva les yeux vers elle en fronçant les sourcils avant de se plonger dans la contemplation de son écran d'ordinateur.

— Une dernière chose qu'il me semble important que vous sachiez…

— Laquelle ?

— Le moment est venu pour moi de me marier. Trouver une épouse sera donc à l'ordre du jour durant mon séjour là-bas.

2

Quoi ? Une femme ? Malik devait se trouver une épouse ?

Cette information lâchée négligemment à la fin de leur conversation lui fit l'effet d'une bombe.

Aussitôt, mille questions affluèrent à l'esprit de Lucy mais avant qu'elle puisse lui en poser une, Malik leva la main, tourna son attention vers son ordinateur et l'informa qu'ils avaient énormément de travail avant son départ. Trois heures précieuses avaient déjà été perdues à cause de son retard.

— Bien sûr, mais...

— Mais ?

— Vous devez trouver une femme, Malik ? À vous entendre, on croirait que vous vous préparez à aller faire du shopping.

Il leva un sourcil en guise de réponse et soupira avant de la regarder.

— Cet aspect de mon retour au Sarastan est celui qui vous concerne le moins, Lucy. Je l'ai mentionné, uniquement parce que vous serez là et que je voulais éviter que vous vous posiez trop de questions à ce sujet.

— Allez-vous mener des entretiens pour le poste ?

— Je vous avoue ne pas y avoir encore beaucoup réfléchi. Maintenant, si vous le voulez bien, revenons à ces rapports sur Thompson et la société de biocarburants qui m'intéresse...

Lucy passa le reste de la journée en proie à une curiosité

dévorante. Malik cherchait une femme ? Pourtant, il lui suffisait de claquer des doigts pour séduire celle qu'il voulait. Et où était l'amour dans tout cela ? Au fond, Lucy ne savait pratiquement rien de sa vie personnelle, ni de sa famille.

Alors que de son côté, elle dévoilait tout ce qui lui passait par la tête, Malik prenait garde à ne rien révéler de lui, ou alors très peu.

La journée lui sembla interminable et elle eut à peine le temps de déjeuner.

— Ça ira pour aujourd'hui, décréta Malik en apparaissant sur le seuil de son bureau tandis qu'elle était plongée dans l'écran de son ordinateur, faisant le lien entre différents rapports à une vitesse vertigineuse pour couvrir la quantité astronomique de travail qu'il avait exigé d'elle avant son départ.

Lucy s'adossa à son fauteuil en soupirant, puis elle leva les yeux vers lui.

— Bravo, fit-il.

— Je vous demande pardon ?

— Vous avez été admirable de rester aussi concentrée alors que je suppose que vous aviez une foule de questions à me poser.

— Maintenant que vous le dites, je ne sais pas par où commencer…

— Je suis sûr qu'elles trouveront une réponse, reprit-il en jetant un œil à sa montre. Il est un peu plus de 18 heures. Si nous allions dîner un peu tôt ? Cela vous donnera l'occasion de me demander tout que vous voudrez. Ce séjour au Sarastan sera pour vous un changement de vie important. Je veux que vous arriviez là-bas l'esprit clair et avec le moins d'appréhension possible.

— Tout de suite ?

— De quoi parlez-vous ? demanda Malik en fronçant les sourcils.

— Du dîner ? répondit-elle en se levant avant de planter son stylo dans le pot de fleurs qu'elle utilisait comme porte-crayon.

— Oui, tout de suite, Lucy.

— Je ne peux pas.

— Pourquoi pas ?

— Je déteste ces vêtements et je refuse qu'on me voie avec, sauf si je porte une perruque et des lunettes de soleil. D'ailleurs, faites-moi penser à me venger de Julia pour ce vilain tour qu'elle m'a joué !

Malik secoua la tête. Sur le point de dire quelque chose, il sembla se raviser et se passa la main dans les cheveux.

— Lucy, fit-il d'un ton sec. C'est maintenant ou jamais. Je n'ai pas le temps d'attendre que vous repassiez chez vous pour vous changer. De plus, ces couleurs sont celles que portent la plupart des personnes qui travaillent à la City, croyez-le ou non.

— Ce sont des gens lugubres et ennuyeux, lança-t-elle en souriant. À l'exception de ceux qui travaillent dans ces bureaux, bien entendu. Très bien, donnez-moi dix minutes pour que j'aille me rafraîchir, d'accord ? Et au fait, c'est Swiss Cottage.

— Quoi donc ?

— Le quartier où je loue mon appartement.

— Dix minutes, pas une de plus. Je vous attends dans le hall, au rez-de-chaussée.

Malik la regarda rassembler ses affaires. Elle avait raison. Il y avait en elle une vivacité qui ne s'accordait pas bien aux teintes grises, noires et bleu marine même si, en toute honnêteté, ses vêtements créaient un contraste saisissant avec le blond doré de ses cheveux. Ces derniers étaient secs à présent et tombaient dans son dos en une cascade de boucles épaisses et brillantes qui lui arrivaient pratiquement à la taille.

Les femmes avec qui il sortait avaient tendance à être grandes et minces et, oui, elles avaient une prédilection pour ces couleurs que son assistante détestait tant. L'espace d'un instant, Malik plissa les yeux vers Lucy et il fut saisi par la douceur de sa peau et sa grâce alors qu'elle se penchait pour récupérer son sac qu'elle avait négligemment jeté à terre. Le balancement de ses seins lourds, pourtant largement camouflés par le haut informe que Julia avait choisi pour elle fit naître en lui une flamme de désir aussi brutale qu'inattendue.

Il se détourna en grimaçant et se dirigea vers la porte qui menait à l'open space orné de plantes grimpantes, de cloisons en verre soigneusement positionnées et de bureaux élégants en bois et métal.

Lucy le repéra dès qu'elle sortit de l'ascenseur et fit un pas dans le grand hall en marbre. La société de Malik occupait deux étages de cet élégant immeuble en verre de la City. C'est là que ses salariés, triés sur le volet parmi la fine fleur de la finance, géraient plus de milliards que quiconque pourrait l'imaginer.

Assis derrière une table basse, Malik fronçait les sourcils en consultant un message sur son téléphone. Il avait dégrafé les trois premiers boutons de sa chemise blanche et Lucy s'immobilisa pour le contempler quelques secondes, le cœur battant. Elle venait de s'engager à partir avec ce type pour plusieurs semaines, alors qu'au fond elle ne savait rien de ce qui l'attendait, hormis que son activité serait *grosso modo* la même que d'habitude.

Avec un détail en plus : son patron allait se choisir une épouse. Donc ce ne serait pas tout à fait « comme d'habitude », car, ainsi que Malik l'avait souligné, Lucy serait là. Allait-il recevoir les candidates en entretien ? Elle se voyait déjà courir, une tasse de café à la main pour l'offrir à ces femmes qui, sagement assises dans la salle d'attente, peaufineraient leur CV en prévision de ses questions...

Malik leva les yeux et leurs regards se croisèrent. Lucy prit une grande inspiration et se dirigea vers lui tandis qu'il se levait, la dominant de toute sa hauteur.

— Je suis prêt à répondre à vos interrogations, dit-il en souriant.

— J'aurais dû prévoir une liste.

— Jamais je ne vous ai vu avoir besoin d'une liste pour quoi que ce soit, Lucy. J'ai réservé une table au bistrot français qui se trouve au coin de la rue. Nous devrions être au calme pour bavarder tranquillement.

— Je croyais qu'il fallait s'y prendre des mois à l'avance pour avoir une table, là-bas ! s'exclama-t-elle en lui emboîtant le pas vers les portes tambour de l'immeuble.

Dehors, la rue fourmillait de gens qui sortaient du travail, bien décidés à boire un verre en terrasse et à profiter des derniers rayons de soleil de l'été.

Lucy s'interrogea. Où allait-elle vivre ? Allait-elle aimer ce pays inconnu ? Et si elle s'y sentait seule et malheureuse, terrée dans sa chambre le soir ?

— Je vous entends penser, Lucy, murmura Malik d'un ton amusé en se penchant vers elle et en sentant son souffle tiède caresser son oreille, elle ne put réprimer un frisson.

— Pouvez-vous me blâmer ?

— Je serais déçu si vous n'aviez rien à me demander, répliqua-t-il.

Lucy fronça les sourcils, l'esprit en proie à des pensées obscures qui ne l'avaient pas traversée quand elle avait accepté son offre avec désinvolture, quelques heures plus tôt.

L'aspect aventureux du projet vint se mêler à la peur, puis elle se rappela que ce changement de vie ne durerait que quelques semaines. De plus, si elle se sentait malheureuse et seule – mais pourquoi cela arriverait-il au juste ? –, elle pourrait toujours rentrer en Angleterre.

Le restaurant était bondé à leur arrivée mais ils furent conduits rapidement jusqu'à une table tranquille au fond de la salle.

— C'est la première fois que je viens ici, déclara Lucy en jetant un regard admiratif à la pièce au décor moderne, avec ses lignes épurées, son sol carrelé en damier et ses murs ornés de photos encadrées en noir et blanc.

Ces quelques secondes de distraction l'éloignèrent du stress croissant dans lequel elle était plongée, jusqu'à ce que son regard se pose sur l'homme assis en face d'elle. Celui-là même qu'elle venait d'accepter de suivre à l'étranger pour une durée indéterminée.

— Je vous sers un verre ?

Lucy baissa les yeux et constata qu'une bouteille de chablis venait d'être déposée sur leur table, accompagnée de quelques amuse-gueules disposés dans un plat en étain.

— Avec plaisir.

— Peut-être devrions-nous commander avant le début de l'interrogatoire ?

— Ce n'en sera pas un.

— Je réserve mon jugement à ce sujet. Le poisson est délicieux, ici. Comment se fait-il que vous ne soyez jamais venue alors que c'est à deux pas du bureau ?

— Vous n'avez sans doute pas jeté un œil aux prix, répondit-elle gentiment.

— Vous êtes extrêmement bien rémunérée, Lucy. Je m'occupe personnellement de vos augmentations et de vos primes.

— Bien sûr… mais…

— Et au cas où je ne vous l'aurais pas déjà dit, ces dernières sont amplement méritées.

— Merci, Malik. Ça me touche vraiment.

Il lui sourit et posa le menu sur la table sans la quitter des yeux.

— Parfait, fit-il. Vous pouvez ouvrir le feu.

— Comment est-ce ?

— Comment est quoi ?

— Le Sarastan. Là où vous vivez.

— C'est un pays relativement petit et démesurément riche.

— Vraiment ?

— Il est en grande partie désertique, mais il compte aussi des oasis sublimes et des plages paradisiaques. Nous avons des gratte-ciel ultramodernes, des restaurants étoilés, des centres commerciaux très luxueux et des maisons magnifiques.

— Alors pourquoi l'avez-vous quitté ?

— Je vous demande pardon ?

— Si c'est aussi merveilleux que vous le dites, pourquoi avoir choisi de vivre dans la grisaille polluée de Londres ?

Le regard de Malik se ternit.

— Cette question n'est pas pertinente, Lucy. Tenez-vous en à votre briefing.

Elle rougit et faillit insister, mais elle se retint. Il avait raison. La situation était certes inhabituelle, mais Lucy n'en restait pas moins son employée, payée pour effectuer un travail. Ses questions devaient être pratiques et se cantonner à sa mission. En aucun cas elle ne devait fouiller dans la vie personnelle de Malik. Des limites existaient entre eux pour une très bonne raison et elle devait s'assurer qu'elles ne soient pas franchies. La vie privée de son patron ne la regardait pas, pas plus que la sienne ne le concernait.

— Où vais-je loger ? demanda-t-elle en baissant les yeux vers le menu sans y prêter vraiment attention, avant de choisir un plat au hasard.

— Je veillerai à ce qu'on vous trouve un endroit très confortable, répondit-il avant de la regarder pensivement. En général, j'habite chez mes parents quand je suis là-bas. Mais étant donné les circonstances, je pense changer mes habitudes. En fait…

— En fait ?

L'attention de Lucy fut attirée par une corbeille à pain que l'on venait de poser sur leur table avec une motte de beurre très appétissante. Malik surprit son regard et l'invita d'un geste de la main à se servir.

— Non merci, répondit-elle poliment. Je mange très peu de pain.

Tout à coup, il lui vint à l'esprit que c'était son premier dîner en tête à tête avec lui. Il leur était arrivé de partager un repas sur le pouce, lorsqu'une urgence se présentait et qu'ils devaient travailler tard sur un dossier, mais dans un restaurant chic comme celui-là ? Jamais.

Soudain gênée, Lucy se redressa en posant sagement ses mains sur ses genoux.

— Vraiment ? lança Malik d'un ton moqueur. Pourtant, je vous vois souvent sortir de la boulangerie à l'heure du déjeuner, une baguette à la main.

Lucy fut blessée malgré elle par sa pique. Malik ne doutait pas de ses compétences d'assistante mais que pensait-il vraiment d'elle ? La trouvait-il trop bavarde, prévisible ou commune ? Sans doute ne s'entourait-elle pas suffisamment de mystère…

Elle pensa à ses sœurs, si brillantes, qui avaient suivi à la lettre les recommandations de leurs parents, tandis que de son côté elle avait emprunté un autre chemin. La souffrance d'avoir été si cruellement abandonnée et le traumatisme de sa fausse couche lui avaient fait perdre toute confiance en elle.

— Vous êtes contrariée, dit doucement Malik. Je vous prie de m'excuser si je vous ai offensée avec cette remarque.

— Offensée, moi ? s'exclama-t-elle avec un petit rire forcé en clignant des yeux pour refouler les larmes qui menaçaient de jaillir. Aucun risque. Alors, où comptez-vous me loger quand je vous rejoindrai ?

Malik la fixa en silence durant quelques secondes et elle soutint son regard en relevant le menton d'un air défi mais dans sa poitrine, son cœur battait la chamade.

Dieu merci, l'arrivée de leurs plats la sauva de ce moment embarrassant et elle put concentrer son attention sur le turbot qu'elle avait commandé. Mais elle était en proie à un trouble intense. Malik s'était excusé. Il avait deviné qu'elle avait été blessée par sa plaisanterie innocente et, étrangement, cela lui semblait pire que s'il n'avait rien dit.

Avait-il pitié d'elle ? Lucy savait que son imagination s'amusait parfois à lui jouer des tours. Elle prit une grande inspiration et goûta une première bouchée du poisson délicieux.

Après tout, peu importe ce que Malik pensait d'elle. L'essentiel était qu'elle continue à l'impressionner par ses capacités à effectuer le travail pour lequel elle était payée. Cela avait-il de l'importance qu'il la voie comme une femme ? Absolument pas.

Lucy lui jeta un coup d'œil furtif sous ses cils. Il était si beau qu'il pouvait avoir toutes les femmes qu'il désirait. Pourquoi lui accorderait-il un regard ?

Elle se força à sourire.

— Je pense que nous logerons dans l'une des propriétés familiales, expliqua Malik entre deux bouchées du plat qu'il dévorait avec appétit.

Elle se figea, la fourchette à la main.

— Pardon ?

— Cela aurait du sens.

— Sur quelle planète cela aurait-il du sens ? répliqua-t-elle sans pouvoir s'en empêcher. Malik, je ne vais pas vivre dans la même maison que vous !

— Pourquoi pas ? demanda-t-il en haussant les épaules.

— Parce que… c'est comme ça !

— Je ne vois pas le problème, murmura Malik d'un ton calme tout en continuant à manger. Nous travaillerons ensemble et cela nous évitera des embouteillages pour nous rendre tous les jours dans la capitale.

— Il en est hors de question, Malik !

— Malgré mon enfance privilégiée, j'ai été très bien éduqué, déclara-t-il en souriant. Je suis parfaitement capable de ranger derrière moi en l'absence d'un domestique pour s'en charger et j'ai même déjà préparé un ou deux repas qui étaient fort comestibles.

— N'y pensez même pas !

Lucy sentit les joues lui brûler tandis que son cœur s'emballait dans sa poitrine. Des images dérangeantes s'imposèrent à elle.

Elle les imagina tous deux, se croisant le soir dans la cuisine à la recherche d'un verre d'eau, partageant leurs repas comme s'ils étaient intimes, regardant la télévision le soir sur un canapé...

Un vent de panique la gagna, mais alors elle leva les yeux vers Malik et comprit qu'il avait du mal à se retenir de rire.

— Quoi ? s'exclama-t-elle en fronçant les sourcils.

— Du calme, Lucy, dit-il doucement. Je sais ce qui vous passe par la tête et il n'y a aucune raison de vous inquiéter. La résidence à laquelle je pense est un palais de taille conséquente. Il est suffisamment proche de celui de mes parents pour que je puisse aller souvent leur rendre visite. Il est assez vaste pour que nos appartements se situent dans des ailes distinctes. Vous aurez même votre propre jardin où vous pourrez vous détendre autant qu'il vous plaira. Le palais compte plusieurs pièces déjà aménagées en bureau et il dispose de tout le personnel pour s'occuper de nos exigences quotidiennes. Vous n'aurez pas à lever le petit doigt. Si cela vous rassure, sachez que j'ai déjà utilisé ce lieu à de multiples reprises pour des séminaires. Mes collaborateurs ont été ravis d'y séjourner.

Lucy le regarda, s'efforçant de passer au crible ce flot d'informations pour finalement se focaliser sur un seul mot.

— Un « palais » ? Nous allons loger dans un palais ?

— Vous comprendrez bien assez tôt...

— Et quand vous parlez de « personnel » ?...

— Vous n'aurez pas à cuisiner ni à faire le ménage. En dehors des heures de travail, vous n'aurez qu'à vous détendre.

— Comment pourrai-je me détendre dans un endroit où je ne connais personne ?

— Vous me connaissez.

— Vous êtes mon patron, Malik ! C'est totalement différent.

— Est-ce votre façon de m'annoncer que vous songez à revenir sur votre décision ?

— Pas du tout. Je ne fais qu'exprimer des inquiétudes parfaitement normales.

— Je pourrai vous présenter certains de mes proches qui ont votre âge.

— Vous avez des frères et sœurs ?

— J'ai des cousines.

— Donc vous êtes fils unique ?

— Nous nous écartons du sujet, Lucy.

— Pas étonnant que vous soyez rongé d'inquiétude, murmura-t-elle d'une voix chaleureuse. Cela doit être si difficile de porter ce fardeau tout seul…

— Croyez-le ou non, en tant que fils unique, on a tendance à développer des mécanismes d'adaptation assez robustes. Passons à autre chose.

— J'imagine que lorsque votre père rentrera à la maison, ce qui arrivera j'en suis sûre, souligna Lucy, cela risque d'être un peu chaotique.

Malik resta silencieux quelques instants. Ses parents étaient si organisés et contrôlés qu'il était convaincu que, quelles que soient les circonstances, rien ne serait jamais « chaotique » entre les murs de leur palais.

Sa mère lui avait annoncé la nouvelle avec sa retenue habituelle et il ne se faisait aucune illusion sur le fait que tout serait en place, là-bas, pour le retour éventuel de son père en convalescence.

Ses parents avaient fait un mariage arrangé et jamais il n'avait aperçu entre eux le moindre signe de ce qui aurait pu s'apparenter à de la passion.

Ce qui, songea-t-il en serrant les mâchoires, n'était pas une mauvaise chose. L'expérience lui avait montré que, même s'il avait longtemps trouvé ce modèle marital assez sinistre, celui-ci valait mieux que toutes les autres options.

— Vous pouvez me faire confiance, Lucy, nous ne nous marcherons pas dessus. Je me retirerai dans mes appartements une fois la journée de travail achevée et vous pourrez profiter comme vous le souhaiterez de votre temps libre. J'aurais pu embaucher une assistante sur place pour vous épargner cette épreuve, mais aucune ne serait en mesure de gérer les affaires complexes en cours que vous connaissez sur le bout des ongles. Et puis, ainsi que vous l'avez dit, vous n'allez pas vous tourner les pouces pendant des semaines d'affilée.

— Je comprends, Malik, mais revenons à ce que vous disiez. À quoi vais-je pouvoir occuper mon temps libre ?

— Il existe une multitude de brochures touristiques complètes sur le pays. Évidemment, il faudra vous adapter à certains usages qui vous sembleront différents de votre quotidien.

— Nommez-en quelques-uns pour que je me fasse une idée, suggéra-t-elle en souriant.

— Les pubs. Vous n'en verrez pas beaucoup, bien qu'il y ait de magnifiques hôtels et des bars très prisés. Les transports en commun sont rares. Il n'y a pas de métro. Les taxis en revanche sont nombreux, bon marché et, surtout, climatisés. Sur la côte, vous trouverez de nombreux musées et galeries, et s'il vous prend l'envie d'aller visiter une autre région ou une ville du pays, le jet familial sera à votre disposition, de même que nos chauffeurs. Nous détenons une importante flotte de voitures.

— Une flotte de voitures… comme c'est chic !

Malik la regarda, songeur. Comment la jeune femme allait-elle réagir en étant exposée à un univers luxueux dont elle n'avait même pas idée ? Cela risquait d'être un choc. Il fut surpris de ressentir une certaine tension à la perspective que cela ne se passe pas bien. Il en avait déjà fait l'amère expérience.

Les souvenirs de la femme dont il s'était bêtement cru amoureux à l'âge de dix-huit ans, alors qu'il était étudiant à Paris, lui revinrent à l'esprit. Il logeait dans un pensionnat luxueux en périphérie de la ville et il avait appris à parler couramment le français. Durant son adolescence, il avait passé toutes ses vacances au Sarastan où il côtoyait des jeunes filles de son milieu, qui connaissaient leur place dans le monde et le statut ultra-privilégié dont elles étaient issues. Sylvie avait balayé tous ces stéréotypes avec lesquels il avait grandi. Elle était frêle et aussi gracieuse qu'une ballerine avec ses cheveux roux et ses grands yeux verts. Malik était tombé amoureux d'elle dès qu'il l'avait vue dans le magasin de disques vintage où elle travaillait. Elle avait un regard malicieux et un rire rauque, trois anneaux à chaque oreille et un petit tatouage intéressant juste au-dessous du nombril.

Elle savait à quel point Malik était riche, car il ne s'en cachait pas, et elle avait accepté à bras ouverts les cadeaux qu'il lui offrait. Au fil du temps, Sylvie était passée de la jeune femme insouciante dont il était tombé amoureux à une personne hautaine qui considérait les autres comme inférieurs. Elle était devenue arrogante et capricieuse, se plaignant sans cesse des gens qui la servaient dans les restaurants. Ces traits de caractère avaient peut-être toujours été là, mais Malik avait été amèrement désillusionné par ce premier amour. Surtout quand, à la fin de leur relation, la jeune femme lui avait ri au nez en prétendant qu'elle avait profité de lui depuis le début. Peut-être était-ce vrai, ou alors elle avait inventé cette dernière méchanceté pour se venger d'avoir été quittée. Quoi qu'il en soit, Malik s'était comporté comme un parfait imbécile. Il avait perdu le contrôle de ses émotions et en avait payé le prix. Il en avait tiré une règle absolue : jamais plus il ne se laisserait aller aux sentiments.

Comment éviter de retomber dans ce piège ? C'est très simple. Il ne sortait qu'avec des femmes carriéristes qui ne souhaitaient pas plus que lui s'engager sur le long terme. Et il se montrait honnête avec elles dès le départ : si elles cherchaient l'homme idéal, elles pouvaient passer leur chemin. À présent que l'heure de son mariage avait sonné, Malik choisirait une épouse comme son père l'avait fait avant lui : avec sa tête et non avec son cœur.

Ce serait un mariage arrangé, avec une femme issue du même milieu que lui et qui ne serait pas impressionnée par sa fortune fabuleuse. Elle comprendrait l'importance de répartir les richesses entre les habitants moins fortunés du pays et de promouvoir les infrastructures du Sarastan, ainsi que ses parents l'avaient fait toute leur vie. Car le pouvoir et l'argent s'accompagnaient de responsabilités.

Lucy allait-elle perdre la tête en découvrant tous ces trésors ? Lorsqu'il y pensait, Malik ressentait un pincement douloureux. Le temps le dirait.

— Mais au fond, reprit-elle en lui adressant un sourire plein de fossettes qui le fit revenir à la réalité, qui a vraiment besoin d'une flotte de voitures ? Il m'aurait suffi d'en avoir une seule pour arriver à l'heure aujourd'hui. Non, oubliez ça. J'aurais quand même décidé de venir à pied. L'exercice est essentiel. Même si en y réfléchissant, c'était un peu loin...

— Merci pour cette mine d'informations. Vous devriez acheter une voiture. Je ne conçois pas que l'on puisse survivre sans en avoir une.

— Vous n'avez probablement pas idée de la façon dont on peut survivre en ayant peu de choses, répliqua-t-elle vivement.

— Vous avez sans doute raison...

Malik lui sourit et, troublée, Lucy prit une grande inspiration. Palais immense ou pas, ils vivraient néanmoins sous le même toit et cette pensée faisait naître au creux de son ventre un frisson d'excitation et de panique.

Son cœur s'emballa dans sa poitrine. Elle serait dans ses « propres quartiers », mais quoi que cela puisse bien signifier, Malik serait présent dans la même demeure qu'elle. Ce qui était très différent de ce qu'elle ressentait le soir, en quittant ses bureaux pour aller retrouver son petit studio de Swiss Cottage.

— Et si vous me parliez de ces entretiens prénuptiaux ? demanda-t-elle rapidement.

— Je ne suis pas sûr d'avoir spécifié qu'il y aurait des « entretiens », Lucy. Cette union s'organisera probablement pendant mon séjour là-bas. Un... arrangement sera mis au point.

Il s'interrompit et haussa les épaules.

— La santé de mon père étant sans doute compromise pour de bon, les questions de succession passent au premier plan.

— Et donc, cela signifie que... vous allez vous marier et vivre là-bas ?

— Nous verrons ce que l'avenir me réserve.

— Il semble déjà qu'il vous réserve un mariage arrangé, nota Lucy un peu sèchement.

— Comme je vous l'ai dit, répliqua Malik d'un ton patient, ce sujet ne vous concerne pas. Vos devoirs au Sarastan seront très simples.

— Une dernière question...

Malik demanda l'addition.

Lucy était curieuse et dans la mesure où son univers allait être radicalement bouleversé, elle méritait que l'on réponde à certaines de ses interrogations.

La connaissant bien, il aurait été choqué si elle avait accepté son offre sans une ribambelle de questions, pourtant il devait freiner sa curiosité. Le rôle de la jeune femme serait essentiel sur le plan professionnel, mais c'était tout. Bien sûr, elle serait amenée à croiser certains membres de sa famille, par contre elle serait en grande partie invisible pour le reste.

Quand il pensait à la rencontre entre l'exubérante Lucy et ses parents mesurés et traditionnels, il en avait froid dans le dos.

— Serai-je impliquée dans les procédures d'entretien ? Je sais que ce terme ne vous plaît pas mais je ne vois pas comment le dire autrement.

Malik éclata de rire tout en réglant la note.

— Qu'y a-t-il de si drôle ?

Il faillit répliquer en plaisantant que son implication aboutirait probablement à ce que toutes les candidates s'enfuient, terrifiées, dans les dunes avoisinantes, mais il se rappela la façon dont elle l'avait regardé avec ses grands yeux blessés quand il l'avait taquinée un peu plus tôt et il se retint.

— Non, Lucy, vos talents ne seront pas requis lorsqu'il s'agira pour moi de me choisir une épouse, répondit-il doucement. Je ne vous ai jamais impliqué dans ma vie personnelle et je ne compte pas le faire.

Leurs yeux se croisèrent durant quelques secondes et elle fut la première à détourner le regard.

Cela m'apprendra, pensa Lucy.

Ils travaillaient très bien ensemble et avaient acquis la familiarité de deux personnes qui partagent beaucoup de temps au quotidien. Malik appréciait ses compétences et elle aimait croire qu'il appréciait qu'elle se montre franche et directe avec lui en toutes circonstances.

Mais cela n'allait pas plus loin.

Au-delà de cette entente purement professionnelle, la porte était fermée et Malik venait de prendre soin de le lui rappeler.

C'était pour le mieux. À quoi bon s'embarrasser de pensées vagabondes ? Lucy avait un travail à accomplir et elle comptait s'assurer que celui-ci soit bien fait.

3

Entre préparer ses valises, gérer sa panique, envoyer des SMS à ses proches et régler la question de son logement, Lucy trouva le temps de dévorer toutes les informations disponibles qu'elle trouva sur le Sarastan.

Fidèle à sa parole, Malik lui avait fait parvenir un document résumant ce qu'il y avait à savoir sur son pays ainsi que les activités qui seraient susceptibles de lui plaire là-bas.

Elle en était arrivée à la conclusion qu'elle ne risquait pas de s'ennuyer dans cette nouvelle partie du monde qu'elle avait hâte de découvrir.

Durant le reste de la semaine, elle régla toutes sortes de détails au bureau et s'occupa de transmettre aux collaborateurs de Malik les dossiers qui devraient être traités sur place. Un compte bancaire avait été ouvert à son nom et crédité d'une somme astronomique qui, lui avait expliqué Malik, lui servirait à s'équiper en vêtements appropriés pour son séjour.

Pour Lucy, cela signifiait avant tout des tenues adaptées au climat très chaud qui régnait dans ce pays et non pas des vêtements discrets. Elle raffolait des couleurs vives qui lui semblaient particulièrement « appropriées » au soleil et à la chaleur. Si elle se faisait trop remarquer, eh bien, elle reconsidérerait ses choix…

En attendant, elle noya son stress dans une frénésie de shopping, en compagnie de ses sœurs Alice et Jess.

En montant dans l'avion, toute son anxiété se volatilisa à la vue du siège de première classe qui lui avait été réservé et elle se délecta de deux coupes de champagne avant de s'endormir rapidement.

Le vol passa rapidement et Lucy s'éveilla alors que l'avion amorçait sa descente. Soudain, tout lui sembla bien réel et elle boucla sa ceinture, le ventre noué.

Elle devait sortir du terminal et repérer une longue et élégante Bentley noire dont elle avait noté la plaque d'immatriculation. Le trajet jusqu'au palais durerait moins d'une heure. Malik l'attendrait là-bas. C'étaient les instructions qu'il lui avait données.

Lucy sortit du terminal ultramoderne et incroyablement propre en un temps record. Sa valise avait semblé bien vétuste à côté des bagages luxueux qui l'accompagnaient sur le tapis roulant et elle n'avait eu aucun mal à la repérer rapidement. Dès qu'elle passa les portes coulissantes en verre, elle fut happée par la chaleur torride de la fin d'après-midi. Elle s'immobilisa, sonnée, et regarda autour d'elle. La longue et large route qui s'étendait devant elle était bordée de palmiers et, tout autour, le désert s'étendait à l'infini. Jamais elle n'avait eu le sentiment d'être aussi éloignée de chez elle.

Bien sûr, Lucy avait voyagé au cours de sa vie. Des vacances en famille en Europe et notamment en France où ses parents avaient loué des maisons à de multiples reprises.

Mais là, c'est complètement différent.

Dieu merci, la robe fleurie qu'elle avait choisie pour le voyage était légère et même si elle lui collait à la peau à cause de la chaleur, elle semblait convenable. Des touristes aux visages roses recouverts de chapeaux de paille montaient dans des taxis ou cherchaient leurs chauffeurs. Lucy repéra également des locaux, vêtus à l'occidentale ou bien en tenue traditionnelle.

Elle commençait à devenir nerveuse lorsqu'elle repéra enfin la Bentley. Elle traîna sa valise en direction de la berline et aussitôt un chauffeur en sortit pour l'aider. Après l'avoir poliment saluée, celui-ci l'invita à monter à bord.

À travers les vitres teintées de sa voiture, Malik regarda Lucy approcher : elle tournait la tête de droite à gauche en s'efforçant de tout observer.

Il n'avait pas prévu de venir la chercher à l'aéroport. Son père venait à peine de rentrer de l'hôpital, et avec les centaines de tâches que Malik avait à accomplir pour remettre en ordre les différentes entreprises familiales qui avaient sombré dans la panique à l'annonce du drame, son temps était compté.

Il devait redresser le navire. Des milliers de personnes dépendaient de la stabilité des affaires de la famille Al-Rashid, qui était impliquée dans tous les aspects de l'infrastructure économique du pays. En arrivant au Sarastan, Malik avait rapidement compris qu'il aurait du chemin à parcourir avant de se familiariser avec la manière dont ce réseau complexe de sociétés était administré ici.

Redresser le navire allait prendre du temps.

Et puis, il avait pensé à l'arrivée prochaine de Lucy et il avait été soudain impatient de la revoir.

La jeune femme lui avait manqué, ou plutôt, son « énergie » lui avait manqué. Et puis, il avait hâte de retrouver son expertise. Dieu sait qu'il en avait besoin, ici.

Il descendit du véhicule pour venir à sa rencontre, mais alors la chaleur le frappa comme un marteau-piqueur.

Malik sourit. Lucy portait une robe fleurie, lumineuse et fluide, boutonnée jusqu'en haut, dont la ceinture soulignait sa taille fine et les courbes voluptueuses de son corps. Il leva ses lunettes de soleil sur son front pour la contempler. Comment se fait-il qu'il n'avait jamais remarqué à quel point sa silhouette était jolie ? Certes, ce vêtement la mettait en valeur, pourtant il était simplement conçu, lui arrivant à mi-genou, avec des manches et un petit col délicat…

Le sourire de Malik s'élargit. Il sentait enfin s'atténuer la tension qui ne l'avait pas quitté depuis son arrivée.

— Lucy, fit-il alors qu'elle ralentissait le pas et le regardait de l'autre côté de la voiture où son chauffeur s'était empressé de lui ouvrir la portière. Avez-vous fait bon voyage ? Vous êtes magnifique.

Lucy ne s'attendait pas à voir Malik.

Son esprit avait dérivé tandis qu'elle suivait le chauffeur, ses yeux papillonnant dans tous les sens pour assimiler ce nouvel environnement. Elle mourait de chaud et se demandait ce qu'il adviendrait si elle s'évanouissait.

Son cœur fit donc un bond lorsqu'elle vit son patron sortir de la berline. En l'espace d'une semaine, elle avait oublié à quel point il était beau. Ses cheveux noir jais étaient coiffés en arrière et légèrement bouclés au niveau du col de sa chemise. Blanche et à manches courtes, celle-ci comportait un discret monogramme brodé sur la poche avant. Il semblait plus bronzé.

— Que faites-vous là, Malik ?

Lucy se glissa sur la banquette arrière de la voiture et la délicieuse fraîcheur climatisée lui fit fermer les yeux un instant. Quand elle les rouvrit, elle le vit prendre place à côté d'elle et refermer doucement la portière.

— Je ne vous attendais pas, reprit-elle, mal à l'aise. Mais maintenant que vous êtes là, dites-moi comment va votre père ? J'ai été soulagée d'apprendre qu'il avait pu rentrer à la maison. Les hôpitaux sont des endroits si horribles…

— Cela vous rappelle de mauvais souvenirs ?

— Pas du tout, mais j'ai vu tellement de séries qui s'y passent.

— Je comprends mieux…, nota Malik en souriant.

Bon sang, la fantaisie de Lucy lui avait manqué ! Ce n'est qu'à présent qu'il se rendait compte à quel point il avait été stressé depuis son arrivée au Sarastan.

— Comment votre mère gère-t-elle la situation ? Vous m'avez dit qu'elle allait bien mais c'est sûrement difficile pour elle. Elle se montre réservée pour ne pas trop vous inquiéter, j'en suis sûre. La mienne est comme ça. Mon père, pas du tout en revanche. Lui, il est plutôt du genre à s'apitoyer sur son sort au moindre bobo.

— Tout est sous contrôle, Lucy. Nous bénéficions de ce qu'il y a de plus performant au monde en en ce qui concerne la prise en charge médicale.

— Je n'en doute pas, mais parfois, cela ne suffit pas…

— Vous avez raison, répondit Malik d'un ton grave.

Ses yeux sombres parcoururent le visage de la jeune femme qui était encore rose à cause de la chaleur. Puis son regard glissa jusqu'à sa bouche qui formait un parfait arc de Cupidon avant de descendre plus bas, vers sa robe qui moulait ses seins généreux.

Il serra les dents et détourna le regard.

— Revenons au travail, déclara-t-il. Je suis venu vous chercher au cas où vous auriez des questions importantes à me poser à votre arrivée.

Lucy aurait aimé en savoir davantage sur la famille de Malik. Comment arrivait-il à rester aussi calme après ce drame ? Elle se souvint à quel point elle-même avait été bouleversée trois ans plus tôt, quand une de ses sœurs s'était cassé une jambe. La simple idée qu'un de ses parents puisse être hospitalisé la faisait pâlir de terreur.

— Il fait plus chaud que je l'aurais cru, nota-t-elle.

— Pourtant, je vous ai envoyé une description complète du pays qui incluait aussi des détails sur son climat.

— Et cela m'a été d'une grande aide, je vous remercie.

Elle avait attaché ses cheveux en chignon, mais celui-ci s'était progressivement défait au cours du voyage et elle se résolut à enlever son élastique et à secouer la tête. Il faisait si bon dans la voiture qu'elle préférait avoir les cheveux détachés. Pourtant elle regretta aussitôt son geste car Malik lui lança un regard d'une intensité qui la fit frémir.

— Avez-vous des questions ? lança-t-il d'un ton plus brusque qu'à l'accoutumée.

— En voici une, répliqua Lucy. Faut-il que je me fasse couper les cheveux ? Ce sera peut-être plus supportable avec cette chaleur.

— À vous de voir. Ce n'est pas vraiment le genre de questions que j'avais à l'esprit, ajouta-t-il.

Lucy se recala contre l'appuie-tête de la banquette avant de plisser les yeux vers lui et lui adresser un sourire.

— Je sais, pardonnez-moi. Je réfléchissais à voix haute.

— Alors ?

— Êtes-vous content d'être arrivé ?

— Encore une question inattendue…

Elle le fixa en silence quelques secondes, tentée d'insister. Malik était un homme réservé, elle le savait. Jamais il ne faisait la moindre allusion à la vie qu'il menait en dehors des murs de ses luxueux bureaux londoniens. Pourtant, ses collaborateurs, eux-mêmes brillants et ambitieux, n'hésitaient pas de temps à autre à se confier sur leurs histoires de cœur. Certains allaient même jusqu'à poser une photo de leur compagne sur leur bureau.

Malik, à l'inverse, était pareil à un livre fermé.

Que cachait-il sous ce masque magnifique et impassible ? Lucy s'était souvent posé la question et le fait d'être assise avec lui dans cette voiture aiguisait sa curiosité comme jamais.

— Concentrez-vous, lança Malik d'un ton sec. Vous semblez être à des milliers de kilomètres.

— La journée a été longue, protesta-t-elle gentiment. Et puis si, j'ai une question pratique.

— Je vous écoute.

— Les repas. Comment cela se passera-t-il, ici ?

L'espace d'une seconde, elle frémit en s'imaginant partager ses petits déjeuners avec lui, mais cela n'arriverait pas, bien entendu. Si Malik l'avait invitée à dîner avant de partir, ce n'était que pour discuter des détails pratiques de son séjour. Dieu merci, cela ne deviendrait pas une habitude.

— Ils seront pris en charge, déclara-t-il d'un ton perplexe. Je dispose d'appartements au cœur de la capitale mais l'endroit où nous logerons sera en périphérie. Vous ne pourrez donc pas aller acheter votre baguette à midi.

— Je ne m'attends pas à ce qu'il y ait de la baguette au déjeuner, Malik, répliqua-t-elle en levant les yeux au ciel.

— Mes chefs s'occuperont des repas.

Leur voiture filait à toute vitesse sur la route bordée de palmiers et Lucy se tourna vers la fenêtre pour contempler le paysage. Les questions pouvaient attendre un peu. Malik inclina la tête en direction de la ville dont ils approchaient avant de lui donner quelques informations historiques sur celle-ci. Lucy l'écouta, les yeux rivés sur le panorama scintillant des gratte-ciel en verre et des trottoirs immaculés.

— Je connais un peu l'histoire de la région, lança-t-elle sans quitter des yeux la vue de cette cité magnifique qui se teintait de rose à mesure que le soleil déclinait dans le ciel.

— Vraiment ?

— Une de mes sœurs a étudié l'histoire à l'université et le Sarastan est l'un des pays sur lesquels elle a travaillé.

Le silence s'installa, ce que Lucy ne remarqua que lorsque la ville disparut derrière eux, cédant la place à une immensité de dunes obscures, aussi mystérieuses et vastes qu'un océan.

— Que fait votre sœur à présent ? demanda doucement Malik. Est-elle devenue enseignante ?

— Jess est avocate, ajouta-t-elle avant d'étouffer un bâillement. Je commence à ressentir le contrecoup du voyage. Je ne suis pas habituée à ces changements. C'est tellement excitant pour moi !

— Que font vos autres sœurs ?

— Elles se sont tournées vers le droit, la comptabilité ou la médecine. Mon père est médecin.

Lucy prêtait à peine attention à ce qu'elle disait, gagnée par une vague de fatigue qui pesait sur ses paupières et étouffait ses pensées.

— Et vous ? murmura-t-il. Vous n'avez jamais été tentée par l'université ?

Elle ouvrit les yeux et se redressa en se tournant vers lui. Au même moment, le soleil disparut à l'horizon et plongea le paysage dans l'obscurité. Bercée par le roulis silencieux du moteur et la fraîcheur qui régnait à l'intérieur, Lucy s'était détendue en écoutant Malik décrire d'une voix basse et profonde la culture millénaire de son pays. Mais sa question la tira aussitôt de son état de semi-somnolence.

— Pardon ?

— Toutes vos sœurs ont suivi des études supérieures. Pourquoi pas vous ? Je crois que vous ne me l'avez jamais dit, Lucy.

Les yeux sombres de Malik brillaient comme des flammes et elle sentit une vague de chaleur lui brûler les joues. Elle repensa à son cœur brisé et à la souffrance qui l'avait poussée à sortir du chemin qui avait été tracé pour elle.

— Alors ? insista doucement Malik. Ne me dites pas que c'est parce que vous n'êtes pas aussi intelligente qu'elles. Je suis bien placé pour savoir que c'est entièrement faux. Je sais de quoi vous êtes capable.

— Je n'ai aucun commentaire à faire à ce sujet, déclara-t-elle d'un ton inhabituellement froid.

Malgré l'obscurité, elle devina l'étonnement qui se peignit sur les traits du visage de Malik.

Pour la première fois, elle sentit un fossé immense se creuser entre eux. Lucy plaisantait souvent avec lui et elle n'hésitait pas à le défier, mais elle travaillait dur et respectait les limites. Elle était toujours prête à faire marche arrière si, comme il le lui notifiait parfois, elle était allée trop loin.

Mais jamais elle ne lui avait parlé ainsi. Et le silence s'installa entre eux tandis que la tension montait d'un cran dans la voiture. Lucy ignorait comment sortir de cette impasse mais une chose était sûre, elle n'irait pas exhumer cette période obscure de son passé. Avec lui ni personne. C'était son sombre et triste secret et elle n'avait aucune intention de le partager.

Cela changerait-il un jour ? Peut-être, si elle trouvait un homme en qui elle pourrait avoir confiance.

— Vous ne m'avez pas dit, demanda-t-elle d'une voix mal assurée en s'efforçant de rassembler ses pensées. Comment votre père se sent-il à la perspective de reprendre ses activités ?

L'espace d'une seconde, elle se demanda si Malik allait lui répondre. Elle hésita à lancer une plaisanterie anodine pour briser la tension qui s'était accumulée entre eux.

Mais il lui rendit service en détournant le regard.

— Rien n'est encore décidé à ce sujet, déclara-t-il. Comme vous avez pu le voir dans vos séries, la convalescence prend du temps après une opération pareille. Vous êtes probablement plus calée que moi pour prédire ce qui va se passer ensuite... après tout, vous êtes une spécialiste.

L'ambiance s'était considérablement détendue et Lucy éclata de rire.

— C'est vrai, je suis bien renseignée sur un certain nombre de problèmes médicaux et leur prise en charge, admit-elle en souriant.

— Je n'en doute pas.

Ils poursuivirent leur conversation sur des thèmes plus légers mais la curiosité de Malik s'était éveillée et il s'interrogeait.

Lucy, si ouverte, si transparente... Cette femme qui n'avait rien à cacher. Du moins, c'est ce qu'il avait cru jusque-là.

Car il venait de toucher un point ultra-sensible et désormais il mourait envie d'en savoir plus.

Et quand il se tourna à nouveau vers elle, son regard était neuf et aussi précis qu'un laser. Lucy avait un corps de sirène. Il devait être aveugle pour ne pas avoir remarqué auparavant l'harmonie de ses courbes voluptueuses. Sa robe révélait juste de quoi taquiner ses sens et déclencher au fond de son esprit une sonnette d'alarme.

Une histoire se cachait derrière le fait qu'elle ne soit jamais allée à l'université, il en était certain. Mais laquelle ?

Habituellement, les femmes n'aiguisaient pas sa curiosité. Il préférait éviter ce chemin qui menait soit à explorer leur passé qui ne l'intéressait guère, soit à l'éventualité d'un avenir commun qu'il souhaitait encore moins. Il aimait vivre ses relations dans le présent uniquement.

À l'époque lointaine où la folie l'avait emporté sur la raison, Malik, tout à son désir amoureux, avait bêtement envisagé une possibilité d'avenir avec Sylvie. Quel idiot naïf il avait été...

Cela ne se produirait plus jamais. Mais en attendant...

— Nous arrivons.

Lucy cligna des yeux en voyant le spectre impressionnant d'un palais se matérialiser devant eux. La nuit était tombée et, loin des lumières de la ville, elle recouvrait tout d'un voile noir et velouté. Les dunes étaient entrecoupées de parcelles de végétation dense qui devenaient de plus en plus importantes à mesure qu'ils s'approchaient.

Elle écarquilla les yeux, stupéfaite. Quand Malik avait mentionné que sa maison serait un palais, elle s'était figuré une grande bâtisse blanche ornée de tourelles et d'une multitude de petites fenêtres, semblable à celles des dessins animés de son enfance. La réalité se situait à une tout autre échelle. Le palais illuminé se détachait dans l'obscurité de la nuit, embrassant une cour centrale devant lui qui était aussi vaste qu'un parc. Des piliers et des colonnes entouraient une succession d'immenses fenêtres et, au centre de la structure, elle distingua une rotonde à plusieurs coupoles. C'était aussi majestueux qu'élégant et raffiné.

— C'est à « vous » ?

— C'est une propriété de la famille. Comme vous le constatez, il n'y a aucun risque d'y être entassés les uns sur les autres.

— C'est gigantesque, Malik…

— En effet, acquiesça-t-il. Je n'ai jamais fait le compte des chambres mais je dirais qu'il y en a environ vingt-cinq, sans compter les suites.

Lucy se détourna de la fenêtre pour le regarder. Pour la première fois, elle prenait la mesure de sa richesse et du privilège extrême dans lequel il avait été élevé. Pas étonnant qu'un homme tel que lui envisage de s'unir à une femme d'un rang aussi noble que le sien.

— Je comprends, murmura-t-elle.

Adossé à la banquette, les mains posées sur ses cuisses, Malik lui adressa un regard méfiant.

— Que voulez-vous dire ?

— Je comprends mieux pourquoi vous envisagez de faire un mariage arrangé, dit-elle doucement. Tout cela…, ajouta-t-elle avant de s'interrompre en agitant la main en direction du spectacle grandiose qui s'offrait à eux. Ce serait trop pour quelqu'un d'ordinaire. Vous devez épouser une femme qui y est habituée.

— Vous croyez ? rétorqua Malik à voix basse. Vous ne pensez pas qu'une femme « ordinaire » serait capable de s'en sortir ?

— Aucune femme ordinaire ne voudrait jamais de cela ! s'exclama Lucy avant d'éclater de rire. En ce qui me concerne, un trois-pièces me suffirait amplement !

Elle se tourna vers la fenêtre au moment où la limousine faisait halte devant un portail imposant. Un gardien en uniforme s'inclina avant de les laisser passer.

Et quand elle croisa à nouveau le regard de Malik fixé sur elle, elle fut incapable de déchiffrer ses pensées.

4

Malik s'interrogeait.

Aucune femme ordinaire ne voudrait de cela ?

Des palais, une fortune surpassant ses rêves les plus fous, une vie dans laquelle le moindre de ses souhaits et caprices serait exaucé. Vraiment ?

La déclaration amusée et sincère de Lucy tournait sans relâche dans son esprit depuis une semaine, même si depuis plus rien n'avait été évoqué à ce sujet.

Au lieu de cela, Malik s'était plongé dans le travail et Lucy s'était familiarisée avec les lieux. Ils avaient mis en place une routine similaire à celle qu'ils avaient à Londres.

Ils discutaient du programme de la journée autour d'un petit déjeuner qui leur était servi à 9 heures précises dans la véranda qui surplombait les jardins à l'arrière du palais. À ce moment-là, Malik avait déjà deux heures de travail derrière lui. C'était comparable à ce qu'ils avaient l'habitude de faire dans leurs bureaux londoniens, quand Lucy s'asseyait en face de lui le matin, son ordinateur portable ouvert devant elle et qu'elle notait à toute vitesse les consignes de la journée.

À deux reprises déjà, ils s'étaient rendus au siège social de la société, situé dans le centre de la capitale. Ils y avaient passé des journées bien remplies sous le regard avisé du père de Malik qui était présent quelques heures par semaine au bureau.

Maintenant qu'Ali al-Rashid se rétablissait, il était important d'organiser la suite.

Soudain assagie, Lucy semblait mettre du temps à s'habituer à ce nouveau cadre.

— Suis-je assez discrète ? avait-elle demandé à Malik quatre jours auparavant, alors qu'ils revenaient en voiture du siège social.

Puis elle avait souri, et alors il avait failli lui rétorquer que « discrète » était la dernière chose qu'il voulait qu'elle soit. Mais il s'était retenu car Lucy avait raison. Ici, elle devait être plus réservée qu'à l'accoutumée.

— Parfait, avait-il répondu à la place et son sourire plein de fossettes s'était élargi.

— C'est dommage, avait-elle repris à voix basse. C'est assommant de ne pas pouvoir discuter comme on aime. Je crois que je n'ai jamais été aussi silencieuse. Ou alors, c'était il y a trois ans, quand j'ai eu une laryngite.

Malik revint à la réalité et il jeta un coup d'œil à sa montre. Son esprit était ailleurs alors que sa mère était en train de lui parler. Il pensait à Lucy et à quel point leurs échanges libres et spontanés lui manquaient.

Elle ne ressemblait en rien aux femmes qu'il avait connues auparavant. Sa manière de dire exactement ce qu'elle pensait à tout moment l'avait d'abord amusé, puis il s'était rendu compte que cela lui plaisait.

Était-ce lié à la nouveauté d'être en compagnie de quelqu'un qui ne marchait pas sur la pointe des pieds avec lui ? Sylvie avait été une curiosité romantique à laquelle Malik n'avait pas été capable de résister. Mais il s'était trompé à son sujet. Leur histoire avait échoué et forgé en lui la certitude qu'il ne se ferait plus jamais piéger par les sentiments. Avec Lucy, c'était complètement différent. La jeune femme ne représentait aucune menace pour sa tranquillité d'esprit car il n'était pas et ne serait jamais impliqué avec elle dans une relation amoureuse. Il appréciait sa franchise, mais ne pensait plus à elle, dès lors qu'il refermait la porte de son bureau.

Du moins, jusqu'à maintenant...

Malik fronça les sourcils. Il n'était pas habitué à ce que son esprit dérive comme il le faisait à présent. Il secoua la tête pour se concentrer tandis que sa mère, d'un ton calme, le tenait informé de ce qu'avait déclaré le médecin de son père après lui avoir rendu visite au palais, un peu plus tôt.

— Bien entendu, décréta-t-elle de sa voix froide et modulée, Jafna, l'infirmière en chef, est chargée de l'administration de ses nombreux traitements. Mais on m'a assuré que, une fois que ton père sera complètement rétabli, il aurait moins de comprimés à prendre chaque jour. Nous espérons beaucoup de progrès d'ici la fin du mois.

Malik lui lança un regard empli de tendresse. Nadia al-Rashid était une belle femme. Ses cheveux noirs striés de gris étaient maintenus attachés en un chignon impeccable, ses traits étaient fins et ciselés et sa silhouette hautaine et élégante était magnifiée par sa robe fluide qui tombait jusqu'au sol. Elle n'avait pas tout à fait soixante ans mais son visage avait gardé la grâce de sa jeunesse.

Elle avait quitté son époux qui se reposait à l'étage pour venir faire la connaissance de Lucy qu'elle n'avait pas encore croisée.

— Cette jeune femme que tu as amenée avec toi de Londres, Malik, dis-moi comment elle est avant qu'elle arrive. Tu estimes donc qu'elle travaille bien ?

— Lucy maîtrise les ficelles du métier, confirma son fils d'un ton vif. Elle est intelligente, efficace et rapide, et comme je vous l'ai dit, il y a trop de tâches complexes à entreprendre pour que je puisse faire appel à un nouvel assistant. D'où sa présence à mes côtés au Sarastan.

— Je comprends. Ton père est contrarié que Zahra ne puisse plus assurer son poste d'assistante qui est le sien depuis plus de vingt ans. Elle était déjà une femme mûre lorsqu'il l'a embauchée et il a beaucoup de respect pour elle…

Malik fut surpris de cette information. Au fond, il ne savait pratiquement rien de l'entourage de ses parents.

Il fut également étonné de constater que la voix de sa mère s'était adoucie lorsqu'elle avait évoqué cette femme.

— Il peut sûrement la transférer auprès de l'un de ses collaborateurs, suggéra-t-il.

— C'est plus compliqué que cela. Ils ont une manière très particulière de travailler ensemble et j'ai peur que Zahra ne soit trop âgée à présent pour s'habituer à un nouveau patron. Peut-être en est-il de même avec ton employée ?

L'image du corps voluptueux et ferme de Lucy s'imposa à l'esprit de Malik. Si ses calculs étaient bons, l'assistante de son père avait au moins soixante-cinq ans.

Non, c'était quelque peu différent…

— Eh bien…

Il était sur le point de s'expliquer lorsque la porte du salon s'ouvrit sur Yusuf, un fidèle et loyal domestique qui travaillait pour la famille depuis toujours. Le petit homme s'inclina, disparaissant pratiquement sous sa robe blanche, avant d'annoncer l'arrivée de Lucy.

Malik s'adossa à son fauteuil en velours rouge, soudain tendu.

La jeune femme était là depuis une semaine et ce serait sa première rencontre avec sa mère.

Du coin de l'œil, il vit cette dernière se redresser et se préparer à la formalité de recevoir une étrangère.

Dans des circonstances normales, Nadia al-Rashid se serait-elle inquiétée d'apprendre que son fils partageait son palais avec une femme ? Probablement pas. Aux yeux de sa mère, Lucy occupait une position si basse dans la hiérarchie sociale que pas une seconde elle ne penserait que Malik puisse être attiré par elle. Encore moins maintenant qu'il avait annoncé à ses parents que, compte tenu de la situation, il était prêt à s'unir à une épouse appropriée, ainsi qu'ils le souhaitaient.

C'est l'une des rares occasions où il avait vu sa mère abandonner son masque impassible et il avait été amusé de lire une satisfaction intense s'afficher sur son visage.

Malik étouffa un petit rire en se demandant si elle en ferait autant en découvrant Lucy, qui, c'était certain, ne ressemblait en rien aux jeunes femmes qu'elle avait croisées dans sa vie. Pourvu qu'elle ne se montre pas trop froide avec elle…

Debout dans le vestibule, Lucy ajusta sa robe.

Ces derniers jours, elle s'était efforcée de contenir son tempérament naturellement enjoué. Elle avait déjà rencontré un certain nombre de personnes qui travaillaient à divers titres pour les multiples filiales de l'entreprise Al-Rashid.

Pour la première fois depuis qu'elle connaissait Malik, elle s'était sentie troublée en sa présence. Le voir dans son pays l'avait… impressionnée.

Bien sûr, à Londres, il avait déjà un charisme détonnant. Quand il entrait dans une pièce, le silence s'imposait. Et le fait qu'il soit jeune n'avait jamais été un obstacle. Au contraire, cela le rendait encore plus puissant et redoutable aux yeux de tous. Depuis qu'elle travaillait pour lui, Lucy ne lui avait jamais vu perdre une affaire ou mal évaluer les marchés boursiers qui pouvaient pourtant se montrer volatils. Malik donnait des ordres et on lui obéissait sans poser de questions.

Ici, les gens s'inclinaient devant lui. Ils respectaient non seulement son talent, son sens des affaires et son intelligence brillante, mais aussi son statut d'héritier. Il était prince de sang royal et ce qui se passait au sein de ses vastes entreprises n'affectait pas seulement sa famille mais l'ensemble du royaume.

Lucy s'était retrouvée à modérer son effervescence habituelle.

Elle n'était pas gênée en présence de Malik, mais elle retenait sa langue quand elle avait envie de commenter quelque chose, tout en sachant qu'il en aurait probablement ri, comme toujours. Pour ne pas risquer de briser les convenances en vigueur dans son pays, elle s'interdisait de dire tout ce qui lui passait par la tête.

Malik n'avait pas changé, toutefois elle percevait une autre facette de l'homme qu'il était et qui allait se marier par devoir. Elle ne lui avait pas reparlé de ce projet et lui-même ne l'avait plus évoqué. Existait-il une liste de candidates ?

Tout en lissant les pans de sa robe, Lucy se demanda comment était sa mère. Était-elle le modèle auquel devrait ressembler une épouse convenable pour Malik ?

Dans la perspective de cette rencontre éprouvante, Lucy avait fait de son mieux pour être décemment vêtue. La robe qu'elle avait choisie était la plus stricte de son dressing. Elle était longue et fluide, ornée d'un motif de petites fleurs et ses manches étaient évasées. Lucy l'avait achetée parce qu'en tournant sur elle-même lorsqu'elle la portait elle se sentait merveilleusement légère, comme un papillon qui déploierait ses ailes avant de s'envoler.

C'était en soi une impression délicieuse, car en apparence elle n'avait rien d'un papillon délicat...

Soudain, la porte s'ouvrit devant elle et un petit homme très âgé et vêtu d'une robe blanche flottante la pria d'entrer.

Lucy prit une grande inspiration et fit quelques pas dans la pièce. C'était si magnifique qu'elle s'immobilisa, émerveillée. Le salon était richement décoré dans des tons crème et bleu et le sol était couvert d'un immense tapis de soie absolument sublime. L'espace de quelques secondes, elle ne put s'empêcher de contempler les murs ornés de riches tapisseries, les peintures délicates et les meubles anciens, jusqu'à ce que ses yeux se posent sur... la femme qui la regardait en silence.

Assis à côté d'elle se trouvait Malik, qu'elle ne reconnut pas immédiatement car il avait revêtu la tenue traditionnelle de son pays. Une tunique ample de soie noir et or qui lui tombait jusqu'aux chevilles. Quand il se leva pour venir à sa rencontre, le cœur de Lucy s'emballa dans sa poitrine.

Elle écarquilla les yeux lorsqu'il se pencha vers elle pour murmurer d'une voix diabolique :

— Êtes-vous prête à ce que je fasse les présentations, Lucy, ou bien faut-il que j'aille chercher des sels ? Vous semblez sur le point de vous évanouir.

— Très drôle, chuchota-t-elle.

— J'admets que c'est un peu plus majestueux que l'endroit où nous séjournons actuellement.

— Vous auriez pu me prévenir !

Lucy baissa les yeux vers la mère de Malik qui les regardait avec une expression indéchiffrable et elle lui adressa un sourire hésitant.

— Cela n'aurait rien changé, affirma-t-il en se redressant. Au fait, j'aime beaucoup votre robe. Avec toutes ces couleurs ternes que vous portez depuis votre arrivée, je commençais à me demander où était passée la Lucy que je connais.

Elle sentit une vague de chaleur lui brûler les joues. Ce n'était qu'un compliment anodin mais il l'avait troublée plus qu'elle ne voulait l'admettre.

Lucy s'écarta de Malik pour s'avancer vers sa mère. Habituellement, elle se fiait à son instinct pour deviner le caractère des gens, pourtant, là, impossible de savoir ce que cachait l'expression impénétrable de la femme à l'allure austère mais étonnamment belle qui attendait de la rencontrer, assise sur une chaise. Ce regard froid reflétait-il de l'ennui, de la curiosité ou de la désapprobation ?

Elle faillit se tourner vers Malik à la recherche d'un soutien, puis elle se rappela qu'elle était parfaitement capable de se débrouiller seule. Sa famille nombreuse et turbulente l'avait préparée à s'exprimer sans crainte, quelles que soient les circonstances.

Lucy se souvint également que, aussi terrifiante que puisse paraître cette femme magnifique, elle était également une épouse qui venait de faire face à la crise cardiaque de son mari. Sa chaleur et son empathie naturelles la poussèrent à adresser un grand sourire à la mère de Malik.

— Maman, voici mon assistante, Lucy. Lucy, je vous présente ma mère, la princesse Nadia al-Rashid.

Lucy trouvait son prénom magnifique. Elle se demanda si elle devait effectuer une petite révérence, ce qu'elle fit. Après tout, elle n'avait rien à perdre.

— Madame Al-Rashid. Ou peut-être devrais-je vous appeler autrement ? demanda-t-elle, le cœur battant. Votre fils ne me l'a pas précisé et, pour être honnête, je n'ai pas pensé à me renseigner. Votre Majesté ?

— Nadia ira très bien, ma chère, je vous remercie. Et inutile de faire la révérence devant moi.

— Je tenais à vous dire à quel point j'ai été profondément désolée d'apprendre ce qui est arrivé à votre époux.

— C'est adorable de votre part. Dieu merci, mon mari est entre de bonnes mains.

— Oui, c'est ce que m'a dit votre fils. C'est merveilleux. Cela doit être si rassurant de savoir que vous bénéficiez de ce que le monde médical peut offrir de meilleur, ajouta-t-elle en jetant un regard admiratif à son hôtesse qu'elle trouvait vraiment très belle. Il arrive qu'en Angleterre ce soit un peu plus aléatoire…

— Aléatoire ?

— Les médecins débordés, les infirmières qui courent dans tous les sens. Elles font un travail formidable, mais elles ne s'arrêtent jamais. Du moins c'est ce que j'ai vu dans…

— Lucy, peut-être aimeriez-vous boire quelque chose ? l'interrompit Malik dans son dos et elle se redressa, les joues rouges.

— Votre palais est absolument magnifique, madame, Votre Majesté… Nadia.

— Lucy, fit Malik en venant se placer devant elle, et elle remarqua alors à quel point il ressemblait à sa mère. Pourquoi ne pas vous asseoir ? Le thé va bientôt être servi.

— Pardonnez-moi, madame… euh… Nadia, bredouilla-t-elle en prenant place, terriblement mal à l'aise, sur l'une des chaises libres. J'ai tendance à parler un peu trop lorsque je suis nerveuse…

— Mais pourquoi le seriez-vous, ma chère ?

— Eh bien…

— Ali et moi sommes des hôtes très détendus et hospitaliers, et c'est un plaisir de rencontrer la femme dont mon fils m'a parlé avec tant d'enthousiasme.

— Vraiment ? s'exclama Lucy en jetant un regard en coin à Malik qui semblait manifestement désorienté face à la tournure que prenait leur conversation. Il est vrai que, sans moi, il aurait quelques difficultés à se dépêtrer dans ses nombreux dossiers. Les dirigeants n'en ont pas conscience, mais c'est grâce à leurs assistantes que tout fonctionne aussi efficacement, précisa-t-elle avec une petite moue.

Nadia lui adressa un sourire.

— Je n'en doute pas, ma chère. Et j'espère que vous vous assurez de le lui répéter aussi souvent que nécessaire. Du thé ?

On les servit et Lucy apprécia de passer un moment en compagnie de cette femme majestueuse dont les yeux sombres pétillaient d'amusement à certaines de ses remarques. Assis à l'écart, une tasse de thé posée en équilibre sur l'une de ses cuisses, Malik les observait en silence sans que rien ne transparaisse sur son visage.

Vêtu de sa robe de cérémonie traditionnelle devant laquelle les gens s'inclinaient, il était stupéfiant de beauté et Lucy ne put réprimer un frisson, gagnée par des émotions nouvelles qu'elle ne parvenait pas à identifier. Il était le même et, pourtant, il lui semblait différent…

Face à la déférence dont tout le monde faisait preuve à son égard, il lui serait difficile de ne pas le mettre sur un piédestal.

Malik avait grandi entouré de privilèges inouïs et en étant obéi au doigt et à l'œil. Avait-il jamais vécu un événement susceptible de briser cette illusion confortable ?

La conversation revint au père de Malik et Lucy laissa son esprit vagabonder en dégustant les pâtisseries exquises qu'on leur avait apportées. Elle revint à la réalité en comprenant qu'ils étaient sur le point de partir.

— Merci de votre invitation, Nadia, déclara-t-elle sans pouvoir s'empêcher de serrer la mère de Malik dans ses bras. Je suis vraiment désolée pour cette épreuve que vous traversez, ajouta-t-elle en s'écartant légèrement. Je veux que vous sachiez à quel point je suis soulagée que votre mari soit sur la voie de la guérison. Cela me fait penser à ma tante qui a eu un AVC il y a des années et qui a mis un temps fou avant de pouvoir reprendre certaines de ses activités, enchérit-elle en se penchant vers la mère de Malik.

— Lucy, murmura celui-ci en tapotant sa montre. Le temps presse…

— Chut, Malik, intervint sa mère. Laisse l'enfant raconter son histoire.

Quand Lucy leva les yeux vers Malik, elle fut surprise de constater son expression abasourdie. Était-elle allée trop loin en se permettant d'enlacer sa mère ? Elle cligna des yeux, embarrassée.

— J'ai peur de ne pas bien vous comprendre, ma chère. Votre tante ?

Lucy prit une grande inspiration avant de poursuivre.

— Tante Maud était passionnée d'alpinisme.

— D'alpinisme ?

— Elle prétendait qu'elle était mariée à la nature et que cette union résistait bien mieux à l'épreuve du temps que n'importe quelle autre. Mais après son AVC, elle a hésité longtemps avant de recommencer à sortir…

— Lucy, répéta Malik d'un ton ferme. Je ne suis pas sûr que ma mère soit intéressée par des questions d'alpinisme…

Elle rougit, très gênée.

— Malik, j'ai hâte de connaître la suite de cette histoire, insista Nadia en adressant un sourire encourageant à Lucy.

— Je vous promets de faire au plus court, Malik, murmura celle-ci. Finalement, tante Maud s'est dit que la vie était faite pour être vécue et elle a recommencé à sortir, petit à petit. Aujourd'hui, elle ne gravit pas des montagnes, mais elle aime toujours autant se promener.

— Je comprends où vous voulez en venir, Lucy, dit gentiment Nadia. Bien entendu, nous espérons tous que notre bien-aimé Ali puisse reprendre ses fonctions le plus vite possible.

Elle s'interrompit quelques secondes et un sourire adoucit les lignes austères de son beau visage.

— Toutefois, ainsi que vous le soulignez judicieusement, certaines de ses activités devront être réduites. Il sera fatigué. J'espère néanmoins qu'il conservera son optimisme.

— À votre place, je le découragerais tout de même de se mettre à l'alpinisme, nota Lucy en souriant, et contre toute attente, Nadia éclata d'un rire léger qui lui donna l'air d'une jeune fille.

— Je me souviendrai de l'histoire de votre tante, bien qu'Ali et les montagnes ne fassent pas bon ménage.

— J'espère avoir l'honneur de faire bientôt sa connaissance, déclara Lucy.

— Je ne doute pas que ce jour arrive, ma chère, répliqua chaleureusement Nadia en les raccompagnant à la porte.

L'air encore chaud de ce début de soirée les enveloppa lorsqu'ils sortirent sur le perron, et pourtant Lucy sentit le regard froid de Malik se poser sur elle et elle ne put réprimer un frisson.

Sa rencontre avec Nadia l'avait agréablement surprise car

Malik lui avait brossé le portrait d'une femme glaciale et très attachée aux traditions, si bien qu'elle s'était imaginé qu'on la jetterait au cachot au premier mot déplacé.

Dès qu'ils furent installés dans la voiture, elle tourna vers lui des yeux brillant d'émotion.

— Votre mère n'est pas du tout comme je l'avais imaginée ! s'exclama-t-elle.

— Que voulez-vous dire ?

Malik était adossé à la banquette, l'esprit en proie à un trouble inattendu. Qu'avait-il attendu de cette rencontre ? Il l'ignorait. Peut-être un bref échange, froid et courtois. Comme prévu, le thé et les pâtisseries avaient été délicieux. Et sa mère, aussi élégante et belle qu'à l'accoutumée. Il était désolé pour Lucy qui allait être confrontée à un univers probablement très éloigné de ce qu'elle avait connu dans sa famille. Mais jamais il ne se serait attendu à ce qu'elle montre autant d'enthousiasme à rencontrer sa mère. Et il ne pouvait se rappeler la dernière fois qu'il avait vu celle-ci aussi détendue.

Nadia al-Rashid avait même ri.

La maladie de son époux l'avait-elle adoucie ? Ou bien ne l'avait-il simplement jamais regardée, au-delà de la façade sophistiquée et la distance derrière lesquelles elle se cachait ?

En l'espace d'une heure, Lucy était arrivée à obtenir de sa mère ce que Malik n'était jamais parvenu à révéler et cette idée le mettait étrangement mal à l'aise.

— Vous m'aviez dit que vos parents étaient extrêmement réservés !

— Ils le sont.

— Je dois vous avouer que je m'attendais à autre chose, répliqua-t-elle.

— Où nous mène cette conversation, Lucy ?

— Nulle part. Je vous dis simplement à quel point j'ai trouvé votre mère charmante et pas du tout telle que je l'aurais crue. Pour commencer, elle est vraiment belle… À quoi ressemble votre père ?

— À un homme qui vient de subir une chirurgie cardiaque majeure.

— En tout cas, votre mère s'inquiète beaucoup pour lui. Cela se voit dans ses yeux dès qu'elle parle de lui. Et je dois admettre que j'admire sa retenue et son aplomb, ajouta-t-elle, l'air pensif. C'est le genre de regard que vous devriez rechercher chez les femmes que vous recevrez en entretien prénuptial. J'aimerais vraiment rencontrer votre père, un jour…

— Ça suffit, Lucy !

La jeune femme cligna des yeux d'un air confus, et se tourna vers lui.

— Pardon ?

— Je vous ai présenté ma mère par pure courtoisie dans la mesure où vous vivez avec moi au palais. Maintenant, c'est fait et c'est réglé.

— Réglé ?

Malik la fixa d'un air maussade, ne sachant comment échapper à la conversation qui dérivait vers des eaux troubles qu'il ne souhaitait pas explorer. Il avait le sentiment que Lucy s'était dangereusement insérée dans sa vie privée et cela le dérangeait. Car ce n'était jamais arrivé. Jamais il n'avait présenté une femme à ses parents avant ce soir. Ce type de rencontres faisait forcément naître des attentes irréalistes dont il ne voulait pas entendre parler. Quelles que soient les limites qu'il avait établies avec les femmes qu'il avait pu fréquenter par le passé, il y en avait toujours certaines qui voulaient davantage que ce qu'il était prêt à donner.

Bien sûr, Lucy n'entrait pas dans cette catégorie et lui faire rencontrer sa mère n'avait été qu'une question de formalité, pourtant...

Au fond, Malik réagissait ainsi parce qu'on était entré dans sa sphère intime. Cela n'avait rien à voir avec elle.

Lucy restait Lucy. Il connaissait l'intérêt qu'elle portait aux autres, son exubérance naturelle et sa curiosité intellectuelle. Il n'avait jamais été tenté de tempérer ces traits de caractère chez la jeune femme, alors pourquoi commencerait-il à le faire maintenant ? Elle ne le comprendrait pas. Il l'avait présentée à sa mère, donc pour quelle raison était-il tendu à l'idée qu'elle s'était comportée avec sa franchise habituelle ?

— Bien sûr, vous rencontrerez mon père en temps voulu, murmura-t-il.

Son instinct le poussait à défendre sa vie privée qui, après tout, n'avait honnêtement pas besoin d'être protégée d'une femme qui ne cherchait rien de particulier.

— Mais comme je l'ai dit, il est encore très fragile après son opération. Il se fatigue facilement et passe une grande partie de ses journées à se reposer.

Un silence pesant s'installa entre eux et Malik se déplaça sur la banquette, agacé de s'être montré sec avec Lucy en faisant une montagne d'une histoire qui n'en valait pas la peine.

La jeune femme ne le regardait pas, et en contemplant son profil aux lèvres légèrement pincées, il se dit qu'il ferait bien d'apaiser leur relation. Cela dit, il était important qu'elle assimile clairement les limites à ne pas dépasser. Il aurait bien le temps plus tard de rattraper la situation.

— Lucy, reprit-il doucement. Tout comme mes « entretiens prénuptiaux », ainsi que vous vous obstinez à les nommer, ma vie de famille n'est pas un domaine qui vous concerne. Il est possible que vous croisiez un jour mon père avant votre départ, mais...

— J'ai compris, coupa-t-elle.

Lucy se retourna pour le fixer et quand leurs yeux se croisèrent, elle eut le sentiment de recevoir une décharge électrique. Mais elle soutint le regard de Malik, le cœur battant. Elle avait été si joyeuse en quittant le palais de ses parents. Toutes les appréhensions qu'elle nourrissait s'étaient avérées infondées. Le moment passé en compagnie de sa mère avait été fantastique et elle avait voulu en savoir davantage pour mieux connaître la vie de cet homme charismatique aux côtés de qui elle travaillait.

Mais elle avait commis une erreur. Manifestement, Malik avait entrevu quelque chose qui ne lui avait pas plu derrière ses réponses effervescentes et il s'était enveloppé d'un manteau distant et glacial.

Il venait de lui rappeler quelle était sa place. Celle d'une employée, payée pour faire son travail. Surtout pas d'une femme qui pourrait s'imaginer être quelque chose de plus sous prétexte qu'elle avait rencontré sa mère.

La Bentley ralentit pour faire le tour de la cour majestueuse avant de s'arrêter devant l'entrée du palais.

— Dites-moi ce que vous avez compris, dit doucement Malik en posant sa main sur son bras, alors qu'elle s'apprêtait à sortir de la voiture.

Les pensées de Lucy se dispersèrent et elle respira profondément pour trouver le courage de lui répondre. Son contact lui brûlait la peau comme du feu.

— Je comprends que vous m'ayez présenté votre mère car vous sentiez que vous n'aviez pas le choix, mais cela ne va pas plus loin, répondit-elle, le souffle court et troublée par le fait qu'il n'enlevait pas sa main.

Devant eux, le palais brillait de mille feux, niché au milieu de ses jardins luxuriants, l'océan de sable ne formant que des ombres obscures tout autour.

Malik la regarda fixement, conscient de son propre souffle et incapable de détacher ses yeux des seins de Lucy qui se soulevaient à chacune de ses respirations. Sa peau sous ses doigts était douce et lisse et ses cheveux blond doré tombaient en vagues sur ses épaules. Il serra les dents pour résister à la tentation de prolonger sa caresse. Puis il la lâcha brusquement et s'adossa à la banquette, les doigts légèrement tremblants.

— Très bien, déclara-t-il d'un ton froid avant de frapper un coup sur la fenêtre pour indiquer au chauffeur qu'ils étaient prêts à sortir.

Aussitôt, ce dernier se précipita vers la portière de Lucy pour la lui ouvrir.

— Demain, retour à la routine, Lucy, mais je suis heureux que nous nous soyons bien compris, reprit-il avant de détourner son regard d'elle.

Il sortit dans l'air chaud et humide et prit quelques secondes pour respirer profondément et repousser le désir brutal et inopportun qui s'était emparé de lui, manquant de lui faire perdre tout contrôle.

5

Il était heureux qu'ils se soient bien compris ?

Malik al-Rashid avait beau être un prince, Lucy espérait sincèrement qu'il n'imagine pas faire oublier ses paroles de sitôt. En quoi était-ce un crime de montrer un peu d'intérêt pour ses parents ? En quoi avait-elle dépassé ses précieuses limites ?

Il l'avait présentée à sa mère et elle lui avait poliment donné ses impressions sur cette rencontre. C'était la première fois qu'il la repoussait ainsi et cela l'avait blessée.

Elle résolut de ne plus en parler car, à la réflexion, cela ne mènerait à rien, ce qui ne l'empêcha pas de passer la journée suivante à ruminer.

À plusieurs reprises, en regardant Malik adossé au fauteuil en cuir noir pivotant de l'immense aile du palais qui avait été aménagée en bureau, Lucy dut résister à la tentation de lui chercher querelle.

Il était tellement impassible... Il lui avait dit ce qu'il avait sur le cœur, puis il était passé à autre chose, mais c'était la première fois qu'il lui rappelait son statut. Et elle avait été bien naïve de penser que cela n'arriverait jamais.

Elle avait manifestement franchi les limites et la sévérité avec laquelle Malik l'avait rappelée à l'ordre l'avait heurtée.

Bien sûr, il était son patron et il avait parfaitement le droit de la réprimander pour avoir outrepassé ses instructions, mais

Lucy avait pensé que leur relation allait au-delà de ces échanges strictement formels.

Avait-elle cru qu'ils étaient amis ? S'était-elle entièrement trompée ?

Privée de sa confiance habituelle, elle travailla plus ou moins en silence durant le reste de la journée. Quant à Malik, il ne prononça pas un mot à ce sujet et il ne s'autorisa aucune plaisanterie sur son mutisme, ce qu'il n'aurait pas manqué de faire s'ils avaient été à Londres. Il l'aurait taquinée et convaincue de lui expliquer ce qui n'allait pas. Peut-être qu'il n'avait pas vu se tisser les liens d'une amitié entre eux au fil du temps, mais elle si, et tandis que la journée touchait à sa fin, Lucy se demanda si elle ne s'était pas bercée d'illusions depuis toutes ces années.

Cette familiarité facile qu'ils partageaient n'était-elle qu'une manifestation de la capacité de Malik à se moquer d'elle ?

Avait-il supporté son irrévérence et son tempérament exubérant uniquement parce qu'elle était une assistante hors pair ?

Lucy était mortifiée à l'idée qu'elle ait pu s'imaginer, sans même s'en rendre compte, qu'elle occupait une place spéciale dans la vie de Malik. En voyant cet homme si autoritaire rire à ses blagues, elle avait cru accéder à une intimité à laquelle peu de gens avaient droit. Cette méprise avait-elle alimenté le désir sourd qu'elle ressentait pour lui ? Car c'était un fait indéniable : Malik l'attirait.

Et cette évidence ne la mettait pas en joie, loin de là.

Pourtant, tout en ayant conscience que cette tentation était dangereuse et interdite, Lucy devait reconnaître qu'elle était néanmoins délicieuse. Cela rendait les heures de travail passionnantes et elle adorait cela. D'une certaine manière, elle était presque devenue dépendante de cet état.

Bien sûr, elle avait sa propre vie et ses amis. Elle sortait avec des hommes de temps à autre et appréciait leur compagnie, mais jamais elle n'avait éprouvé le désir d'aller plus loin. Elle était consternée de comprendre avec le recul qu'au cours de ces liaisons aussi brèves que superficielles, elle n'avait pu s'empêcher de comparer ces hommes à son patron.

Il y a longtemps, elle avait taquiné sa meilleure amie Helen en lui déclarant que celle-ci avait le béguin pour son propre patron, Gabriel. Lucy savait maintenant qu'elle était coupable de la même faiblesse, même si dans le cas de Helen, ce béguin s'était transformé en une grande histoire d'amour.

Le sien, si tant est qu'on puisse le nommer ainsi, s'était révélé être une déconvenue idiote et humiliante.

— Vous êtes bien silencieuse, nota Malik alors qu'elle refermait son ordinateur portable et se préparait à retourner dans ses appartements.

— Vraiment ?

Lucy repoussa la masse de ses cheveux sur une épaule et croisa les yeux noirs et interrogateurs de Malik. Elle s'efforça d'afficher une expression impassible, avant de lui adresser un sourire poli. Puis elle enfila le cardigan chamarré qu'elle avait apporté, car les bureaux étaient climatisés et elle avait un peu froid.

— Allez-vous enfin me dire ce qui se passe ? insista-t-il.

— J'ai mal à la tête, répliqua Lucy en glissant son ordinateur dans l'étui en vinyle orange vif qu'elle avait acheté.

— Pourquoi avez-vous mal à la tête ?

— Je l'ignore, Malik. Une fois que j'aurai terminé mes études de médecine, je pourrai peut-être vous répondre.

Il pencha la tête sur le côté et l'observa en silence quelques instants. Puis il se leva de son bureau avant de venir s'asseoir sur le bord du sien sans la quitter des yeux. Lucy gigota sur sa chaise, soudain mal à l'aise.

— Quoi ? finit-elle par marmonner à voix basse tandis que son cœur battait la chamade dans sa poitrine.

Elle était vêtue comme un arc-en-ciel avec son pantalon jaune vif et son T-shirt rayé noir et blanc qui jurait affreusement avec son gilet en laine qu'elle avait tricoté au cours de l'hiver dernier.

Malik, à l'inverse, était élégant et terriblement sexy avec son pantalon chino crème et sa chemise en lin blanc dont les manches étaient retroussées jusqu'aux coudes.

Pourquoi ne pouvait-elle s'empêcher de faire attention à lui ? C'était désespérant...

Elle avait beau être furieuse contre lui, elle ne parvenait pas à détacher le regard de cet homme à la beauté irrésistible.

Comme elle aurait aimé pouvoir mettre sa frustration de côté afin que de revenir à la situation antérieure. Lucy avait vécu une expérience horrible qui lui avait brisé le cœur. Elle avait soigné ses blessures en silence, mais jamais son optimisme envers les gens, l'amour et la vie en général n'avait faibli. Après tout, Malik n'était pas fautif. Elle s'était trompée en imaginant qu'ils entretenaient une relation un peu spéciale et sa désillusion était amère.

— Je compte aller rendre visite à mon père tout à l'heure, finit-il par déclarer. Je lui ai dit à plusieurs reprises qu'il devait rester au lit et se ménager, mais il récupère des forces chaque jour et l'état de nos affaires le préoccupe. J'ai interrogé son médecin qui m'a expliqué qu'il valait mieux le tenir au courant, plutôt que de le laisser dans un silence anxiogène.

Il s'interrompit quelques secondes en fronçant les sourcils.

— Ma mère a suggéré que vous m'accompagniez, mais je lui ai répondu que vous aviez sûrement d'autres projets. J'ai l'impression qu'elle vous aime bien.

— Remerciez-la de ma part, fit Lucy d'un ton calme. Et dites-lui que je suis désolée de ne pouvoir venir.

Il ne faudrait pas que Malik s'imagine qu'elle veuille faire partie de son cercle familial. Elle n'était que son assistante. Son employée.

— C'est tout ? demanda-t-elle poliment, et elle sursauta car alors il frappa du poing sur la table.

— Mais enfin que vous arrive-t-il ? explosa-t-il en se levant avant d'arpenter nerveusement la pièce.

Puis il s'approcha du bureau derrière lequel elle était assise et se pencha vers elle, la dominant de toute sa puissance, si bien qu'elle ne put réprimer un frisson. Jamais elle ne l'avait vu dans cet état.

— Une migraine, répliqua-t-elle d'un ton sobre.

— Oui, bien sûr. Et dès que vous aurez votre diplôme de médecin, vous m'en expliquerez la cause, j'ai bien compris. Allez, crachez le morceau. Vous avez été de mauvaise humeur toute la journée et cela me tape sur les nerfs. Vous n'êtes pas une personne lunatique alors dites-moi simplement ce qu'il se passe.

Lucy inspira profondément. Leurs regards se croisèrent et, l'espace d'un instant, elle eut l'impression de se noyer dans la profondeur de ses yeux sombres et insondables.

Elle savait qu'elle devait ravaler sa frustration et reprendre là où ils s'étaient arrêtés, mais elle devait aussi s'endurcir. Hors de question d'être blessée à la moindre de ses remarques désagréables. C'était déconcertant de poser un regard différent sur cet homme, mais le laisser encore la toucher à ce point ? Jamais.

— Honnêtement, Malik, j'ai vraiment mal à la tête.

D'ailleurs, elle sentait poindre la douleur après cette conversation stressante.

— Ça doit être lié à la chaleur, ajouta-t-elle prudemment.

— Quelle chaleur ? Il fait aussi froid qu'en Sibérie dans ces bureaux. Votre excuse ne tient pas, Lucy. Parlez-moi. Vous n'êtes pas du genre à garder vos émotions pour vous.

— Ce qui veut dire ?

— Vous le savez très bien.

— Je vais prendre une douche, me détendre un peu et tout ira mieux.

— C'est à cause du travail ?

— Pardon ?

— Est-ce que je vous fais travailler trop dur ? Le rythme est plutôt intense en ce moment, et ici vous n'avez pas la distraction de pouvoir aller faire du shopping ou vous évader pendant une heure. Commencez-vous à trouver cet endroit étouffant ?

— Non, répliqua-t-elle d'un ton ferme. Je savais à quoi je m'exposais en venant ici. Cela ne me dérange pas de rattraper mes mails en retard ou de passer un coup de fil à ma famille pendant ma pause-déjeuner. Je n'ai pas besoin de divertissements constants pour survivre, précisa-t-elle en souriant.

— Venez.

— Je vous demande pardon ?

Malik détourna le regard vers les baies vitrées qui offraient une vue spectaculaire sur l'oasis émeraude qui s'étendait au milieu des dunes dorées. Et quand il reporta son regard vers elle, Lucy fut surprise de son air troublé.

— Hier, j'avais besoin de… clarifier les choses entre nous, expliqua-t-il d'une voix sombre. Mais ma mère a expressément demandé que vous m'accompagniez. Alors venez.

— Tout va bien…

— Non. Je ne crois pas une seconde à votre prétendue migraine et si ce n'est ni la charge de travail ni l'ennui, alors c'est en rapport avec ce que je vous ai dit hier soir.

— Je ne veux pas en parler, Malik. Cela ne sert à rien. Croyez-le ou non, avoir fait preuve d'un peu de curiosité ne signifie nullement avoir tenté de m'infiltrer dans votre sphère familiale.

— D'où vous vient cette imagination débordante, Lucy ? Quand ai-je prétendu que vous souhaitiez une telle chose ?

— Je n'ai pas besoin que l'on me rappelle ma place ici. Je la connais. Vous êtes mon patron et je ne suis que votre assistante.

— Donc j'avais raison. Vous boudez à cause de ce que j'ai dit hier.

— Vous m'avez blessée, Malik !

Un silence pesant s'installa entre eux. Lucy sentit les joues lui brûler et elle devina qu'elle devait être aussi rouge qu'une pivoine. Elle regrettait déjà son éclat. Jamais ils n'avaient évoqué de sentiments dans leurs discussions. Elle savait qu'ils s'aventuraient sur un terrain dangereux et elle ne put réprimer un frisson.

— Je vous demande pardon, murmura-t-il.

— Vraiment ? Êtes-vous vraiment désolé que vos propos m'aient blessée ? Vous ne voulez pas que je rencontre votre père parce que… quoi ? Je pourrais me mettre dans la tête que…

Elle s'interrompit et ferma brièvement les yeux.

— Que quoi, Lucy ? demanda-t-il doucement.

— Ça n'a pas d'importance. J'ai juste été blessée parce que vous m'avez remise à ma place et que vous ne vouliez pas que…

Sa voix se brisa.

— Vous voulez que je le dise à votre place ? proposa Malik, et elle le fixa, le cœur battant. Je ne voulais pas que vous vous mettiez dans la tête, sous prétexte que vous avez rencontré ma famille que…

— Je ne le ferai pas, coupa-t-elle d'un ton ferme.

— Vous en êtes sûre ?

— À cent pour cent.

Malik sourit.

— Très bien. Dans ce cas, n'en parlons plus. En fait, il y a une autre raison pour laquelle ce ne serait pas une bonne idée de passer trop de temps en compagnie de ma mère.

— Laquelle ?

Le danger était écarté pour l'instant, mais Lucy blêmit à l'idée qu'il devine un jour à quel point elle le trouvait attirant.

— Elle est en train de sélectionner ma future épouse.

— Vraiment ? répliqua-t-elle, le cœur serré. Ça doit être une période excitante pour elle.

— Êtes-vous cynique ?

— Reconnaissez que la situation l'est un peu… Trouvez-vous cela excitant, vous aussi ?

— C'est la vie, répondit Malik en souriant. L'inévitable est arrivé plus tôt que prévu et je suis prêt à y faire face.

Il s'écarta, puis se retourna vers Lucy pour la regarder.

— Mais « excitant » n'est pas le qualificatif que j'emploierais..., reprit-il.

— J'ai du mal à comprendre, avoua Lucy, même si, depuis que j'ai rencontré votre mère et que j'ai découvert votre pays, je vois bien que le devoir est essentiel et que votre vie est... différente de celle d'un homme normal.

— En quoi me trouvez-vous anormal ? répliqua Malik sans pouvoir réprimer un soupir de soulagement.

Cela ressemblait davantage à la Lucy qu'il connaissait. Il détestait l'idée d'avoir pu la blesser, même s'il savait que cette conversation avait été nécessaire. Pourtant, la souffrance qu'il avait vu passer dans ses yeux bleus l'avait touché au vif.

Il se passait quelque chose entre eux qu'il ne parvenait pas à identifier. Est-ce cette impression fugace et imprécise qui l'avait poussé à avertir la jeune femme de ne pas trop s'impliquer dans une dynamique familiale qui ne la concernait pas ? Quoi qu'il en soit, il était rassuré de constater que leurs échanges reprenaient leur cours normal.

Il se dirigea vers l'un des fauteuils en cuir de l'espace réservé au salon et s'y installa confortablement. Puis il croisa les bras et lui lança un regard interrogateur, attendant qu'elle lui réponde.

— Je ne sais par où commencer. Sérieusement, Malik, comment pouvez-vous être si désinvolte au sujet de votre propre mariage !

— Parce que je ne suis pas une personne romantique. Je ne cherche pas le conte de fées. Mon approche de la vie est plus pragmatique. J'ai besoin d'une femme qui comprenne ce qu'implique le fait de devenir mon épouse.

— En tout cas, vous avez raison sur un point. Je n'ai aucune envie de participer aux discussions de mariage avec votre mère. Ce ne sont pas mes affaires et, honnêtement, je ne pense pas que vos parents accueilleraient favorablement mes conseils. Cela dit, sachant que je vous connais bien, je pourrais peut-être passer au crible quelques CV et éliminer les candidates qui ne me sembleraient pas appropriées.

— Laissons tomber cette conversation, répliqua Malik en souriant. Dites-moi plutôt comment vous comptez passer votre soirée. Vous m'avez déclaré être satisfaite de votre vie ici, mais il est possible que votre séjour se prolonge encore un mois et je serais ravi de vous mettre en contact avec d'autres expatriés. Cela vous changerait un peu des quatre murs du palais.

— Il y en a considérablement plus que quatre, ici, Malik, et comme je vous l'ai dit, j'apprécie de ne rien avoir à faire de particulier en ce moment. Ma vie à Londres est si trépidante. L'idée de rattraper mes lectures en retard et de pouvoir regarder des séries en boucle sur mon ordinateur me plaît beaucoup.

Lucy n'avait pas envie que Malik ait pitié d'elle. Elle ne voulait pas qu'il se sente obligé de la mettre en garde pour qu'elle ne s'immisce pas dans les affaires de sa famille, ni qu'il se préoccupe de son quotidien ici, alors que, de son côté, il était en train de se chercher une épouse.

Que lui arrivait-il ? Pourquoi était-elle soudain si sensible en sa présence ? C'est comme si ses attentes avaient changé à son égard…

Elle avait souri d'un ton léger en le taquinant à propos de son mariage arrangé mais, au fond d'elle, cette perspective la rendait nerveuse. Et cette question trottait dans sa tête, vague, intangible et troublante.

— Honnêtement, Malik, je ne suis pas à plaindre, reprit-elle en riant, mais elle se doutait que son léger essoufflement trahissait le fait qu'elle cherchait à lui donner le change.

Les yeux sombres de Malik, posés sur elle, la mettaient mal à l'aise. Soudain, elle eut besoin d'air et elle se dirigea rapidement vers la sortie.

— Je vous souhaite de passer une bonne soirée, lança-t-elle en lui jetant un dernier coup d'œil avant de s'enfuir, le cœur battant.

Maintenant qu'il avait ouvert la porte à son mariage, Malik savait que cet événement allait rapidement prendre de l'ampleur. Lucy lui avait demandé si cette perspective l'excitait et il lui avait répondu sincèrement, mais en se plongeant dans ses yeux bleus pétillants, une question lui avait traversé l'esprit.

Est-ce vraiment le chemin qu'il voulait prendre dans la vie ?

Cette pensée fugace s'était évaporée aussitôt qu'il s'était rappelé au bon sens qu'il avait adopté au fil des ans. Il n'avait pas encore eu l'occasion de discuter en détail du projet avec ses parents, mais ces derniers s'étaient montrés très enthousiastes.

— Ta mère et moi sommes extrêmement soulagés que tu aies pris cette décision, Malik, lui avait déclaré son père en accueillant la nouvelle quelques jours plus tôt. Il est possible que je ne survive pas longtemps et un héritier est nécessaire pour assurer la lignée de notre famille. Trop de charges reposeront sur tes épaules et s'il t'arrive quoi que ce soit, tout serait perdu. Un petit-fils permettra de garantir la pérennité de cet héritage.

— Ou une petite-fille, avait répliqué Malik.

Son père avait hoché la tête d'un air dubitatif. C'était mieux que rien…

Assis à présent à table en compagnie de ses parents, il se préparait à avoir enfin cette conversation sérieuse, bien que son esprit soit en grande partie occupé par Lucy et son humeur changeante. Un repas exquis leur fut servi, suivi de cafés. Ses parents restèrent silencieux quelques secondes et Malik sourit intérieurement, devinant parfaitement la tournure que la conversation allait prendre.

— Je suis désolée que ta charmante assistante n'ait pas pu se joindre à nous, Malik. Ali… ton père aurait été ravi de la rencontrer.

Il haussa les sourcils, surpris, avant de refouler une pointe de culpabilité inopportune. Il n'avait pas envie de parler de Lucy. Ni de repenser à ses grands yeux blessés.

— Ce sera pour une prochaine fois, répondit-il doucement. Maintenant que nous avons abordé divers problèmes relatifs à l'entreprise, devrions-nous discuter de ce que je vous sais tous deux avoir à l'esprit, à savoir mes noces imminentes ?

— Nous avons quelques idées, commença Nadia al-Rashid. Rien de très formel, ajouta-t-elle en se penchant pour saisir la cafetière en porcelaine ornée d'or et de saphirs afin de remplir leurs tasses.

Malik croisa le regard de son père et il fut surpris d'y voir passer une lueur fugace de camaraderie. Il fut plus déconcerté encore quand sa mère lui adressa un sourire.

— Tu n'es pas de notre génération, Malik, alors nous nous sommes dit qu'il ne serait pas approprié de faire appel à une marieuse officielle, reprit-elle.

— Je ne pensais pas qu'il y en avait encore ! s'exclama-t-il.

— Tu ne vis pas ici, intervint son père en esquissant un sourire. Crois-moi, sans l'intervention de Mme Bilal, certaines dames auraient du mal à se trouver un époux. Tu n'es pas d'accord, Nadia ? Il faut reconnaître que toutes les jeunes femmes éligibles ne sont pas des reines de beauté…

Malik éclata de rire, tandis que sa mère, baissant les cils, s'efforçait manifestement de ne pas en faire de même.

— Je vous laisse le soin de vous en occuper, annonça-t-il.

— Mais, Malik, tu dois avoir ton mot à dire !

— Je vous fais confiance.

— Tu ne seras pas déçu, concéda Nadia al-Rashid. Je songe à organiser une sorte d'événement social où les candidates seraient invitées. Bien entendu, si tu n'approuves aucune d'entre elles, nous n'insisterons pas.

L'esprit de Malik dériva pendant que sa mère détaillait les festivités à venir. Il savait qu'elle ferait du bon travail. Son avenir était en jeu, mais il lui semblait irréel. Bien plus irréel que la trajectoire de ses pensées qui le ramenait sans cesse à Lucy. Après tout, c'était prévisible. Épouser une femme dont il ne connaissait même pas le visage lui semblait une perspective bien lointaine, comparée à la réalité de celle qui partageait son palais avec ses opinions franches, son intelligence vive et, désormais, ses émotions en forme de montagnes russes.

Alors pour le moment, sa future épouse n'était qu'une idée vague qu'il pouvait facilement mettre de côté.

Malik revint dans le palais obscur, peu avant minuit. Dans des circonstances normales, il se serait mis au travail pour quelques heures mais son esprit refusait de le laisser en paix. Allongé dans le silence de sa magnifique chambre, il se rendit compte que Lucy occupait tout son esprit.

Ses propres parents lui avaient semblé plus détendus et humains l'un avec l'autre qu'il ne l'avait jamais remarqué auparavant.

Lucy avait-elle fait ressortir chez sa mère une légèreté que celle-ci avait enfouie jusqu'à présent ? Ou bien était-ce la présence de la jeune femme ici, dans son pays, qui lui faisait entrevoir ses parents sous un prisme différent ?

Soudain, toutes ses pensées furent dissipées par le signal d'alarme lumineux qui se mit à clignoter sur son téléphone portable. Malik se figea en consultant l'écran. Il savait précisément où se trouvait l'intrus. Il aurait pu contacter immédiatement l'équipe de sécurité du palais qui aurait répondu dans la seconde, mais il préféra affronter lui-même celui qui avait eu la témérité de s'introduire par effraction dans son palais.

Il se glissa silencieusement hors du lit, enfila un bas de jogging et descendit furtivement l'escalier, pieds nus.

Il faisait bon dehors. Malgré le T-shirt ample et le short qu'elle portait pour dormir, Lucy avait encore chaud.

C'était absolument magnifique. Le ciel recouvrait tout d'un voile noir perlé d'étoiles qui scintillaient comme de minuscules bijoux. Pas de pollution lumineuse ni sonore, ici. Londres et sa grisaille lui semblaient tellement loin…

Assise sur l'une des chaises en rotin qu'elle utilisait rarement dans la journée en raison de la chaleur torride, Lucy avait le sentiment d'être au paradis. Les dunes étaient à peine visibles au loin, derrière la silhouette des palmiers.

Elle avait été incapable de dormir, l'esprit accaparé par Malik et par la blessure qu'il lui avait infligée en la mettant en garde. Comment avait-il pu croire qu'elle ait eu une sorte d'intention cachée ? Plus tôt dans la journée, elle était parvenue à mettre de côté ses émotions, mais à la faveur de la nuit, celles-ci étaient revenues la hanter sans relâche. Alors, elle avait traversé le palais sur la pointe des pieds jusqu'à l'immense cuisine pour se préparer une infusion. Puis elle était allée s'asseoir dehors et avait laissé ses pensées vagabonder librement.

Un son retentit derrière elle. Il était imperceptible, mais tout à coup Lucy sentit une présence dans son dos. Le cœur battant à tout rompre, elle bondit de sa chaise et se retourna.

— Malik !

Ils se fixèrent tandis que le silence s'installait entre eux, dense et pesant.

Malik était à court de mots. Il n'arrivait pas à détacher ses yeux de Lucy. Les cheveux de la jeune femme étaient éparpillés en mèches folles et ses boucles blondes tombaient librement sur les épaules, jusqu'à la taille.

Malgré l'obscurité, il discernait les tremblements de son corps et son attention fut attirée par le gonflement de ses seins voluptueux pressés contre l'étoffe de son T-shirt et la longueur de ses jambes lisses et galbées. Un désir aussi brutal que douloureux le brûla comme une flamme. Il ne doutait pas qu'en baissant les yeux vers son entrejambe, il verrait la saillie provoquée par son érection massive.

— Qu'est-ce que vous fichez ici ? s'exclama-t-il d'une voix tranchante qui ne reflétait pas l'émoi dans lequel il était plongé.

— Je ne savais pas qu'il fallait que je demande la permission pour sortir dix minutes !

— Avez-vous la moindre idée de l'heure qu'il est ?

— Non.

— Lucy, il est… plus d'une heure du matin.

— Je n'arrivais pas à dormir, Malik. Et ne me dites pas que je me suis mise en danger. Ce n'est pas comme si j'avais décidé d'aller faire un tour en pleine nuit dans un parc de Londres.

Ils s'avancèrent l'un vers l'autre en même temps.

— Comment avez-vous su que j'étais là ? reprit-elle.

— L'alarme anti-intrusion a sonné sur mon téléphone.

Son sexe était si dur qu'il pressait contre son pantalon. Il prit une grande inspiration et sentit une vague de chaleur traverser son corps électrisé.

— Je suis alerté dès que quelqu'un entre par effraction ou, comme dans votre cas, sort du palais. Je… suis donc descendu pour voir ce qu'il en était.

— Si peu vêtu ?

Lucy grimaça. Pourquoi avait-elle mentionné le fait qu'il était à moitié nu ? Elle fixa, fascinée, le torse musclé de Malik et l'ondulation de ses muscles sur ses bras puissants. Ses yeux ne purent s'empêcher de suivre la ligne sombre de ses poils jusqu'à ses hanches, puis…

Elle cessa de respirer et ne parvint plus à penser à rien. Elle avait dû mal voir.

Malik était-il... excité ?

Une flamme de désir intense la traversa et la pointe de ses seins durcit aussitôt tandis qu'une chaleur humide se diffusait entre ses cuisses. Elle se força à relever son visage mais sa voix était rauque lorsqu'elle fut enfin capable de reprendre la parole.

— Eh bien, je suis saine et sauve.

— Pourquoi n'arriviez-vous pas à dormir ?

— Vous le savez très bien, répondit-elle faiblement.

Lucy secoua la tête pour reprendre ses esprits. Ses yeux l'avaient induite en erreur. Forcément.

Respire doucement et compte jusqu'à dix. Tout va bien se passer.

— Ce que je vous ai dit plus tôt... Bon sang, Lucy, dites-moi que cela ne vous tracasse plus !

— Je ne peux pas m'en empêcher, Malik. C'était tellement blessant. Comment avez-vous pu me reprocher d'avoir voulu m'impliquer dans votre famille ou de m'être fait des idées, sous prétexte que vous n'aviez d'autre choix que de me présenter à vos parents ? Du moins à votre mère... Dieu merci, j'ai échappé à la rencontre avec votre père, ainsi, je ne bousculerai pas davantage votre vie privée.

Lucy sentit des larmes affleurer à ses yeux. Ses jambes vacillèrent. Mon Dieu, elle n'allait tout de même pas se mettre à pleurer devant lui !

— Je suis désolé de vous avoir offensée.

— Vous devriez mieux me connaître, Malik. Vous devriez savoir que je ne suis pas le genre de personne à...

Elle se détourna et cligna rapidement des paupières pour se retenir d'éclater en sanglots.

— Vous avez raison, marmonna Malik. C'était seulement une réaction instinctive de ma part.

— Qu'est-ce que cela veut dire ?

— Je… C'est juste que je suis comme ça avec les femmes, lâcha-t-il en se passant nerveusement la main dans les cheveux. Je suis toujours franc avec elles, et pourtant, bien souvent, elles trouvent un sens différent à mes paroles alors qu'il n'y en a pas. Cela peut conduire à des complications. C'est quelque chose que je cherche toujours à éviter.

— C'est différent, murmura Lucy. Je ne suis pas… une de ces femmes.

— Vous avez raison, c'est différent, et je suis désolé. Vous m'avez… manqué, ajouta-t-il d'une voix rauque. Votre rire, votre conversation m'ont manqué.

Malik s'approcha d'elle et essuya une larme d'un revers de son pouce. Puis il caressa doucement la joue de Lucy. Elle avait la peau douce et satinée et son visage aux traits fins était délicieusement féminin. Ses doigts glissèrent jusqu'à ses lèvres dont il traça lentement le contour. Lucy écarquilla les yeux et il sentit le frémissement de son corps qui s'avançait vers lui. Et quand il pencha la tête pour plaquer sa bouche contre la sienne, elle s'abandonna entièrement à son baiser en montant sur la pointe des pieds pour venir à sa rencontre. Elle glissa ses mains derrière le cou de Malik et gémit en fermant les yeux. En sentant ses seins lourds se presser contre son torse, il grogna de plaisir et approfondit son baiser. Jamais il n'avait ressenti un désir aussi violent. C'en était presque douloureux et il ne pensait qu'à une chose : saisir ses fesses pour les presser contre son sexe dur comme du roc, caresser ses seins nus sous son T-shirt avant de la déshabiller entièrement et la prendre à même le sol.

Soudain, il s'écarta d'elle en tremblant et la fixa, le souffle court.

— Lucy…

Elle avait bondi en arrière et le regard qu'elle lui lançait à présent était teinté d'horreur.

— Non ! s'écria-t-elle d'une voix désespérée.

— C'est ma faute, déclara Malik, convaincu que c'était la vérité. Elle était invitée dans son pays et c'était à lui de la protéger. Il devait à tout prix contenir ce désir insensé, même s'il devinait que Lucy le partageait. Il suffisait de voir ses joues roses et la lueur de son regard troublé.

— Cela n'arrivera plus. Vous êtes ici en terre étrangère et par conséquent vous devez vous sentir un peu vulnérable.

Mais Lucy balaya d'un revers de main l'excuse qu'il tentait de lui offrir. Elle leva le menton vers lui et soutint son regard.

— Ne soyez pas ridicule et ne me prenez pas pour plus idiote et impressionnable que je le suis, Malik, réfuta-t-elle d'une voix pleine de colère. J'avais envie de ce baiser autant que vous. C'était une erreur, oui, mais celle-ci nous revient à tous les deux.

Malik hocha la tête. Il aurait dû être surpris de sa réaction, pourtant au fond il ne l'était pas, car c'était Lucy, aussi fière et honnête qu'elle l'avait toujours été.

Ils se comprenaient. Ils avaient commis une erreur et ils la reconnaissaient pour ce qu'elle était. Cela ne se reproduirait pas.

Malik était là pour régler les affaires de sa famille et se trouver une épouse convenable. Cependant, il hésitait.

— Alors, nous ne ferons plus jamais mention de ce qui est arrivé ?

Lucy acquiesça et détourna le regard mais il nota le léger tremblement de son corps tendre.

— Considérez que cet incident est oublié, répliqua-t-elle.

6

— Malik, tout est en place pour que tu puisses bientôt rencontrer certaines des jeunes femmes que ton père et moi avons sélectionnées.

Bien qu'il ait donné son accord pour cette union arrangée, Malik ne pouvait s'empêcher de penser qu'il était étrange de procéder de cette manière à notre époque. Pourtant, il était convaincu qu'une relation fondée sur des sentiments avait bien plus de risques d'échouer à long terme. Sa propre expérience l'avait montré et il préférait se conformer au modèle de ses parents qu'il considérait comme un succès.

Sa famille était très attachée aux traditions. Les mariages avaient pour habitude d'être arrangés, en tenant compte des affinités de chacun. Mais il aurait pu choisir une femme par amour. Sa famille n'y aurait vu aucune objection. Lui seul savait la raison pour laquelle il avait préféré privilégier la raison au cœur.

— Y a-t-il quelqu'un sur votre liste que je serais susceptible de connaître ?

Il était un peu plus de 16 heures et malgré leur conversation formelle Malik percevait un changement dans sa relation avec ses parents. Il était plus détendu en leur présence qu'il se souvenait l'avoir été depuis bien longtemps. On venait de leur servir un thé à la menthe et il tenait son verre en jade et or en équilibre sur une jambe.

— Certaines, bien sûr. Quelques-unes d'entre elles ont fréquenté la même école que toi, bien que vous ne soyez pas de la même année. Et avec ton père, nous avons discuté avec des amis voisins pour évoquer d'autres possibilités.

— Des possibilités... je vois. Mais dites-moi, comment cela s'est-il passé pour vous deux ? ajouta Malik en les regardant tour à tour.

C'était une question spontanée mais elle lui semblait tout à coup importante. Son père fut le premier à sourire.

— Eh bien... je l'ai vue, répondit-il en lançant un regard en coin à Nadia, et je me suis dit qu'elle ferait l'affaire.

Sa mère éclata de rire.

— Ton père a une très mauvaise mémoire. C'est moi qui ai décidé d'accepter cette proposition, même si je savais que j'aurais du travail pour le remettre en forme et lui apprendre à tenir une maison.

— Mais... alors ? s'exclama Malik sans cacher son étonnement. Votre mariage arrangé n'en était pas un ?...

— Je dirais qu'il a bien fonctionné, en tout cas, répliqua son père en souriant.

Malik se tut, songeur. Il avait toujours pensé jusque-là que ses parents avaient une relation distante et polie.

La voie qu'il était en train d'emprunter était-elle la bonne ? Allait-il se repentir de cette décision ?

Malik secoua la tête. Il devait tenir bon. Certes, il avait sous-estimé ce qui existait réellement entre ses parents, mais le fait est que leur mariage arrangé était un succès. Un succès qui reposait sur le pragmatisme et l'union de deux jeunes gens, issus du même monde et partageant les mêmes objectifs.

Aucun risque de se tromper.

C'est ce qu'il voulait... n'est-ce pas ?

— Alors, quand et comment pourrai-je rencontrer ces jeunes femmes ?

Son esprit se mit à vagabonder. Et ses pensées l'amenèrent à Lucy. Que manigançait-elle ? Ils avaient convenu de faire comme si rien n'était arrivé trois jours avant. Depuis, Malik s'était rendu compte que certains accords étaient plus difficiles à respecter que d'autres.

La jeune femme semblait aller bien, bavardant et souriant comme elle avait l'habitude de le faire et il avait dû lutter pour ne pas devenir fou, face à la distance polie qu'elle affichait.

— Je compte organiser un bal, répondit Nadia al-Rashid. Rien d'extravagant, mais un événement festif et informel où tu pourras circuler librement et parler à qui tu voudras. Que penses-tu de cette idée, Malik ?

— Ça m'a l'air parfait.

— Naturellement, Lucy ton assistante, est invitée. D'ailleurs, peut-être souhaite-t-elle participer à l'organisation de cette soirée, si c'est ce qu'elle a l'habitude de faire pour toi ? Nous sommes plus qu'ouverts aux suggestions.

— Lucy ? s'exclama Malik avant d'éclater d'un rire nerveux. Non, elle ne fait pas cela. En réalité, ses fonctions dépassent largement celles d'une assistante. Elle a un esprit brillant et gère des dossiers que je pourrais confier à des analystes de fonds spéculatifs. Elle…

Il s'interrompit, gêné et conscient qu'il s'écartait du sujet. Leur baiser passionné et le souvenir de son corps voluptueux pressé contre le sien s'imposèrent à son esprit et il fronça les sourcils.

— Je ne la vois pas du tout participer à la préparation de cet événement, acheva-t-il d'un ton ferme.

— Dès que les arrangements auront été pris, je te ferai connaître la date, reprit sa mère. Ce sera sans doute d'ici trois semaines. Mais dis-moi, mon fils ?

— Oui ?

Malik contempla ses parents et les trouva d'une beauté saisissante. Sa mère, aussi élégante et raffinée qu'à l'accoutumée, et son père, amaigri mais d'une présence toujours aussi imposante. Il ne voyait pas deux être réunis par un mariage froidement arrangé, mais deux personnes qui se souciaient profondément l'une de l'autre. Comment avait-il pu passer à côté de cela ?

— Ne souhaites-tu pas emprunter une autre voie que celle-là ? lui demanda sa mère d'une voix douce.

— Une autre voie ? répéta Malik d'un air songeur avant de les regarder. Non. Celle-ci est la bonne. Elle a fonctionné avec vous. Cela sera pareil pour moi.

— Nous sommes très différents, Malik...

— Vos expériences vous ont façonnés différemment.

Il pensa à cet autre chemin qu'il avait failli suivre, des années auparavant, puis l'image troublante de son assistante s'imposa à nouveau à lui.

Lucy, émotive, généreuse, exubérante... Si d'un côté de la balance se trouvait la perspective d'une épouse convenable, Lucy penchait-elle de l'autre côté ?

L'amour et le respect qu'il avait négligés chez ses parents étaient une preuve suffisante pour que la raison l'emporte toujours sur le reste.

— C'est ce que je veux et ce dont j'ai besoin, insista-t-il. Ce bal est une excellente idée. Prévenez-moi dès que la date sera fixée.

Lucy était en train de dîner dans la cuisine lorsqu'elle entendit au loin le claquement sourd de la porte d'entrée. Elle se tendit aussitôt. D'après ce qu'elle avait compris, Malik devait prendre le thé chez ses parents avant de retrouver des associés en ville pour dîner.

L'ensemble du personnel était parti et elle se réjouissait d'avoir la cuisine pour elle seule afin de se préparer un repas simple, avant de rattraper les épisodes en retard de la série passionnante qu'elle avait commencée.

Son cœur battit plus fort dans sa poitrine. Pourvu que Malik ne fasse pas un détour par la cuisine avant de regagner ses appartements…

La pièce avait beau être gigantesque, il l'apercevrait forcément en entrant, assise devant un plat de pâtes et un verre de vin et vêtue d'un bas de jogging et d'un T-shirt ample orné d'un logo Disney.

Peine perdue : elle fixa, désespérée, la poignée de la porte qui tournait et Malik apparut, plus beau que jamais dans son pantalon beige, sa chemise noire et ses mocassins italiens. Il était mal rasé, ce qui lui donnait un air ténébreux encore plus sexy.

Lucy venait de passer trois jours à sourire et à lutter de toutes ses forces pour ne pas le dévorer du regard.

Leur baiser l'avait bouleversée. Son univers avait basculé et, depuis, elle tentait de reprendre le contrôle de la situation en faisant comme si tout allait bien.

Ce qui était extrêmement difficile…

— Vous êtes là, fit-il d'un air surpris avant de se diriger vers le réfrigérateur.

Il y prit une bière qu'il décapsula avant de venir s'installer sur une chaise en face d'elle.

— Je pensais que vous dîniez en ville après avoir vu vos parents, répondit-elle. Comment va votre père ?

Elle prit une bouchée de pâtes et essuya, gênée, la petite goutte de sauce tomate qui coulait sur son menton.

— Mon père se porte bien et, oui, c'est ce que j'avais prévu, acquiesça Malik avant de boire une gorgée de bière sans la quitter des yeux.

Il avait été soulagé de quitter ses parents. Le regard nouveau qu'il portait sur eux et sur l'affection qui les liait l'avait déconcerté.

À la perspective de son prochain mariage, il s'était senti soudain coincé et contraint.

Un bal… Des femmes, dont certaines qu'il connaissait seraient présentes à cet événement grandiose. Il pourrait discuter avec elles et peut-être qu'une d'entre elles piquerait sa curiosité. Ou bien il se contenterait d'y assister et d'évaluer laquelle de ces prétendantes serait le mieux en adéquation avec lui.

Il serait le Prince charmant, sans sa Cendrillon ni sa pantoufle de vair. Malik se souvenait vaguement qu'une de ses cousines s'était retrouvée dans la même situation que lui il y a longtemps, faisant appel à une entremetteuse qui lui avait donné une foule de rendez-vous plus incertains les uns que les autres. Dieu merci, cet épisode avait connu une fin heureuse et la cousine était désormais une épouse comblée. Un bal chic, quelques rencontres et son destin serait scellé pour lui aussi.

Dès l'instant où il était entré dans la cuisine et avait aperçu Lucy, Malik s'était senti plus détendu. La regarder lui faisait du bien, et de toute façon il ne pouvait s'en empêcher. Elle avait beau être vêtue de façon informe avec ce pyjama trop grand pour elle et ce T-shirt d'enfant, elle était toujours aussi ravissante. Rien ne pouvait atténuer la beauté de son visage en forme de cœur et ses yeux immenses, couleur de bleuet. Pas même cette petite tache de sauce tomate qui avait coulé sur son menton et qu'il aurait aimé recueillir avec le bout de sa langue.

Le souvenir de leur baiser l'envahit, accompagné d'une flamme de désir aussi brutale que soudaine.

Il ferait mieux d'y aller.

Il termina sa bière d'un trait, la posa sur la table et resta exactement où il était. Le T-shirt de Lucy était ample mais il parvenait à distinguer la forme de ses seins, suffisamment généreux pour remplir ses mains.

— Ça a l'air bon, lança-t-il d'une voix rauque. Qu'êtes-vous en train de manger ? Je n'ai pas dîné ce soir…

Lucy inclina son bol dans sa direction.

— Des spaghettis avec de la sauce tomate en boîte, un peu d'ail et de la crème. Je ne vais pas gagner un concours avec cette recette, Malik. Pourquoi êtes-vous rentré plus tôt ? Vous ne me l'avez pas dit.

— Il en reste ?

Il se leva, nerveux, et se rendit jusqu'au piano de cuisine encastré dans un plan de travail en marbre où il constata que la casserole était vide. Il savait qu'en ouvrant le réfrigérateur il trouverait sans doute un plat délicieux, préparé par ses chefs, qu'il n'aurait qu'à faire réchauffer. Au lieu de cela, il se servit un verre d'eau, un morceau de fromage et une tranche de pain avant de revenir s'asseoir en face d'elle.

— Qu'avez-vous fait, ce soir ? demanda-t-il à la jeune femme.

— Comme vous le voyez, répondit Lucy en désignant son ordinateur portable.

— Ne me dites pas que vous avez passé la soirée à travailler !

— Bien sûr que non, Malik !

— Inutile d'être sur la défensive, rétorqua-t-il en souriant. Admettez qu'il vous arrive de faire des heures supplémentaires.

— C'est impossible, ici.

— Pourtant vous n'êtes pas exposée à vos distractions habituelles.

— Mes distractions habituelles ?

— Voir votre famille ou faire la tournée des bars avec vos amis ?

— Je n'ai fait qu'une seule fois la tournée des bars et en me réveillant le lendemain, je me suis juré de ne plus jamais recommencer. Cela vous est-il arrivé ? Ou bien est-ce que tout votre temps libre est occupé par le travail ?

— Rarement par le travail, murmura-t-il, et Lucy rougit en détournant le regard.

Elle se leva pour débarrasser son assiette. Malik lui proposa de tout laisser sur la table. Les domestiques s'en occuperaient le lendemain en arrivant. Mais Lucy ignora sa remarque et commença à laver la vaisselle.

— Chez nous, il n'y avait personne pour le faire à notre place, expliqua-t-elle en lui lançant un regard par-dessus son épaule. Chacun devait s'y coller à tour de rôle et malheur à celui qui se dérobait.

Malik se tourna pour mieux la contempler. Lucy avait accroché ses cheveux en une queue-de-cheval souple mais la moitié de ses mèches s'étaient libérées et tombaient librement dans son dos. Il aurait pu rester des heures à la regarder. Était-ce parce qu'il sortait juste d'une conversation avec ses parents au sujet de son mariage et de l'avenir qui l'attendait ? Était-ce la perspective d'avoir bientôt une épouse convenable qui le poussait à désirer aussi fort cette femme interdite ?

Ou bien avait-il entrouvert une porte, et à présent il avait l'envie folle de découvrir ce qui se cachait derrière ?

Son sexe était si dur que Malik s'agita sur sa chaise et lorsque Lucy se retourna et qu'il remarqua le balancement de ses seins, cela ne fit qu'empirer.

— Vous ne m'avez toujours pas expliqué pourquoi vous êtes rentré plus tôt. Si j'avais su, je...

— Vous vous seriez cachée ?

— Bien sûr que non !

— Vous auriez préféré que je ne revienne pas ?

— Vous êtes chez vous, Malik. Vous pouvez aller et venir à votre guise.

— Ce n'est pas ce que je vous ai demandé, marmonna-t-il. Je vois bien que vous êtes déçue de me voir ici. Peu importe. Je devais dîner avec deux associés pour discuter de la réorganisation du conseil d'administration en prévision de la retraite de mon père, mais j'ai annulé.

Il se leva, prit son assiette et ses couverts puis, après réflexion, lava le tout avant de le déposer sur l'égouttoir.

— Je n’étais pas d’humeur à sortir dîner après la visite chez mes parents, avoua-t-il de mauvaise grâce en se tournant vers elle.

Puis-je vous demander comment cela s’est passé ou allez—vous encore me reprocher de me mêler de ce qui ne me regarde pas ?

Il y a peu, Lucy n’aurait pas hésité à lui poser franchement la question et elle ressentit un pincement au cœur en comprenant que cette époque était révolue. À présent, il y avait cette gêne entre eux qui ne partait pas, malgré tous les efforts qu’elle avait déployés.

Ne sachant pas si elle voulait sortir de cette pièce ou y rester, elle leva les yeux vers Malik et leurs regards se croisèrent. Aussitôt, ses tétons durcirent et une vague de désir chaude et humide naquit au creux de ses jambes.

— Prenez un dernier verre avec moi au salon, proposa-t-il d’une voix rauque. Je n’ai pas envie de rester seul.

— Suis-je votre roue de secours ? répliqua-t-elle sur le ton de la plaisanterie, mais consciente que son souffle court trahissait son trouble.

— Loin de là.

Lucy refoula la sirène d’alarme qui retentissait au fond de son esprit et elle hocha lentement la tête.

— Que diriez-vous d’une liqueur ? Nous en avons plusieurs aux saveurs délicieuses.

— À vous de choisir, murmura-t-elle, étourdie. Je n’y connais pas grand-chose.

Malik versa un liquide ambré dans deux petits verres en cristal puis, tandis qu’ils sortaient de la cuisine, Lucy ne put refréner plus longtemps sa curiosité.

— Donc...

— Donc ? répéta-t-il en se tournant à moitié pour la regarder en haussant les sourcils.

— Quand vous dites que vous n’étiez pas d’humeur...

Malik soupira en entrant dans le salon richement décoré de tapis et de teintures de soie. Il prit place sur un canapé vert moelleux et attendit que Lucy le rejoigne tout en se demandant ce qu'il allait lui dire. Il avait choisi cette voie et n'allait pas s'y opposer. Le fait d'être né ici, dans cette famille, impliquait des devoirs qu'il ne comptait pas ignorer, mais en cet instant, ces derniers pesaient bien lourd sur ses épaules. Et en voyant Lucy assise à côté de lui, une jambe repliée sous elle, qui le regardait de ses grands yeux curieux... il avait le sentiment que la jeune femme incarnait une vie sans complication.

Il ferma brièvement les yeux avant de les rouvrir pour la contempler en silence.

— Mon avenir se précipite vers moi à toute allure, finit-il par murmurer en sirotant sa liqueur. Le temps est venu pour moi de me choisir une épouse appropriée. Plusieurs candidates ont déjà été sélectionnées.

— « Sélectionnées » ? ne put s'empêcher de répéter Lucy, sentant une pointe de souffrance lui transpercer le cœur. Malik, vous me donnez l'impression d'avoir été transporté au Moyen Âge.

— Pas tout à fait, rectifia-t-il en souriant à demi. Mais pas très loin non plus.

— Mais vous n'êtes pas obligé de le faire si vous ne le voulez pas, n'est-ce pas ? Votre mère semble être une femme raisonnable...

— Elle l'est.

— Alors pourquoi choisir cette voie ?

Malik eut un sourire ironique.

— Vous croyez sincèrement que si je ne voulais pas de ce mariage arrangé, je m'y engagerais ? Que je laisserais quelqu'un décider de ma vie à ma place ?

— Non, admit-elle en détournant le regard.

— Avez-vous vraiment été surprise de me voir arriver ce soir ?

— Vous êtes chez vous.

— Ce n'est pas une réponse.

— Oui, avoua-t-elle. Si je l'avais su, je serais... probablement...

— Vous seriez restée dans vos appartements, acheva-t-il à sa place. Admettez que je vous mets mal à l'aise.

— Ne soyez pas idiot, murmura Lucy. Bien sûr que non. Vous savez que je suis incapable de vous cacher quoi que ce soit. Depuis quand serais-je gênée avec vous ? Nous travaillons si bien ensemble.

— C'était vrai. Jusqu'à ce qu'un baiser vienne interrompre cette belle harmonie.

— Nous avions convenu de ne plus en reparler !

— Mes excuses...

— Vous n'avez pas l'air franchement désolé, Malik ! s'exclama-t-elle en fronçant les sourcils.

— Peut-être ne suis-je pas très doué pour faire semblant.

— Je ne vois pas de quoi vous parlez. Et puis, qu'est-ce que cela a à voir avec le fait que vous allez bientôt vous marier ?

Un silence dangereux s'installa entre eux et le cœur de Lucy s'emballa dans sa poitrine. C'était intenable.

— Cela ne devrait pas se passer ainsi entre nous, Malik, reprit-elle, les joues rouges.

— Bon sang, vous croyez que je ne le sais pas ? Mais... j'ai du mal à lutter contre ce désir. Depuis trois jours, je ne pense qu'à vous, Lucy. C'est une torture, lâcha-t-il en la transperçant de son regard sombre. Suis-je le seul à ressentir cela ?

Il ne bougea pas d'un centimètre, et pourtant Lucy eut le sentiment que ses mots s'étaient posés sur elle comme une caresse brûlante.

— Je n'arrive pas à croire que vous soyez à court de mots, Lucy, fit-il d'une voix rauque. Mais cette fois, je crois que ça me plaît.

Elle cligna des yeux en tremblant et cessa de respirer.

S'abandonner au désir qui la tourmentait sans relâche pour

faire l'amour à un homme qui allait bientôt se… « marier », peu importe quel mot donner à cette mascarade, ne serait pas approprié.

Mais au fond, serait-ce si grave ? Après tout, il n'y avait pour l'instant aucune femme dans la vie de Malik. Aucun nom ni visage. Juste une possibilité.

Il serait bientôt hors de portée pour toujours, mais ce n'était pas encore le cas…

Soudain, l'esprit de Lucy fut assailli de mille pensées contradictoires. Le mariage de Malik signifierait la fin de son travail auprès de lui, quoi qu'il en dise. Il serait amené à passer beaucoup plus de temps au Sarastan et elle ne voyait pas comment elle pourrait s'intégrer à ce scénario à long terme. Il y avait même un risque qu'il s'installe définitivement ici au cas où sa femme refuse de venir vivre à Londres.

Quel que soit le temps que cela prendrait, elle ne reverrait plus jamais cet homme. Mais il était là sous ses yeux, maintenant.

— C'est normal que je sois à court de mots, protesta-t-elle faiblement. Ce n'est pas la conversation à laquelle je m'attendais…

— Vous préférez que nous parlions de travail ? suggéra-t-il avec un sourire diabolique qui la fit frémir.

Elle savait qu'il attendait qu'elle vienne à lui. Qu'elle le touche comme il en avait envie.

— Ce serait beaucoup plus sûr !

— C'est la sécurité que vous recherchez ? Parce que si c'est cela, vous n'avez rien à craindre de moi.

— Je…

— C'est le moment de vous montrer sincère, reprit Malik d'une voix rauque. Nous sommes tous deux adultes et, pour l'instant, célibataires. Alors, souhaitez-vous opter pour la sécurité ? Parce que…

— Non, coupa-t-elle.

— Je suis très heureux de l'entendre.

Lucy s'approcha de lui et lorsque leurs corps se touchèrent, elle poussa un long soupir. Une vague de désir la traversa avec la férocité d'un raz-de-marée. Ils avaient envie l'un de l'autre. À quoi bon lutter ? Elle savait que si elle tournait le dos à Malik maintenant, cette occasion ne se représenterait jamais et elle tenait absolument à la saisir. Avec Colin, elle avait été impuissante et faible, laissant ses sentiments la guider, mais à présent, elle était forte et savait ce qu'elle voulait. Le désir brûlant qu'elle ressentait avait besoin d'être assouvi, sinon elle le regretterait jusqu'à la fin de sa vie.

Elle enroula ses doigts dans la chemise de Malik pour l'attirer à elle et elle leva son visage vers lui en entrouvrant les lèvres.

— Pas ici, grogna-t-il.

— Malik..., dit-elle, hésitante.

— Avez-vous changé d'avis ?

— Non, même si c'est une idée terrible, répondit-elle avec un petit rire. Mais parfois, les idées terribles sont les meilleures. En avez-vous déjà fait l'expérience ?

— Dites-moi que vous n'êtes pas sur le point de vous lancer dans une grande discussion, parce que de mon côté je pense à mille autres occupations qui ne requièrent aucun besoin de parler...

Sur ces mots, il se leva et la souleva dans ses bras comme si elle ne pesait pas plus lourd qu'une plume. Lucy étouffa un cri joyeux et se laissa transporter sans peine jusqu'à l'étage par les bras puissants de Malik.

Ses yeux sombres et luisants ne la quittaient pas et, serrée contre le torse chaud et ferme de cet homme qui aurait fait chavirer n'importe quelle femme de cette planète, Lucy fut traversée d'une vague de désir telle qu'elle n'en avait jamais connu.

L'aile du palais qu'il occupait était magnifique et richement décorée. Et quand Malik poussa la porte de l'une des chambres – sa chambre – elle cessa de respirer et regarda autour d'elle, absorbant le plus de détails possible tandis qu'il la déposait doucement sur un lit immense.

Lucy vit des couleurs sombres, des bordeaux profonds, des velours riches, du verre, du métal, de la soie… et lui.

Elle crut mourir d'excitation en observant Malik se déshabiller lentement devant elle. Il ôta d'abord sa chemise et elle se mit à respirer plus vite en découvrant son torse musclé recouvert d'une toison brune. Elle écarquilla les yeux, le cœur battant, alors qu'il faisait glisser son pantalon jusqu'au sol. Puis il posa les mains sur le revers de son boxer avant de lui adresser un sourire.

— Le spectacle vous plaît ? lança-t-il d'une voix amusée.

— Beaucoup, murmura-t-elle, à moitié allongée sur le lit.

Sans la quitter des yeux, il enleva son boxer et elle cessa de respirer. Elle cligna des yeux et se redressa sur ses coudes en tremblant, les yeux fixés sur son membre puissant et dressé dans toute sa vigueur.

— Et maintenant, ça te plaît toujours ? fit-il d'une voix rauque.

Elle souffla doucement en acquiesçant, incapable de prononcer un mot.

— À ton tour, maintenant, ordonna Malik à voix basse.

— À mon tour ? balbutia-t-elle, confuse.

— Je m'allonge sur le lit et je te regarde te déshabiller devant moi.

— Vraiment ?…, bredouilla Lucy, soudain gênée.

Malik se pencha vers elle et lui caressa le visage en la regardant gravement.

— Es-tu timide ?

— Raisonnablement, répondit-elle d'une voix faible.

— Tu es belle, dit-il avant de l'embrasser lentement avec une douceur infinie jusqu'à ce qu'elle fonde entièrement. Mais tu n'as pas à faire ce que tu ne veux pas, Lucy. Ce qui inclut un strip-tease pour moi, même si j'apprécierais beaucoup cela.

Il la rejoignit sur le lit et la déshabilla avec délicatesse dans la semi-obscurité, respectant sa pudeur, ce qui la toucha profondément.

Elle n'avait jamais ressenti une telle tendresse de la part d'un homme et cela la bouleversait. Mais lorsqu'elle fut entièrement nue et qu'il commença à explorer son corps tremblant d'impatience, elle ne pensa plus à rien.

Il l'embrassa et la caressa jusqu'à ce qu'elle soit sur le point d'exploser et elle se serra contre lui en glissant sa main derrière son cou pour l'attirer au plus près d'elle.

Cela faisait longtemps qu'elle n'avait pas été aussi intime avec quelqu'un et jamais elle n'avait ressenti cela. Un vent de scandale se leva en elle. Elle n'était plus la jeune fille naïve d'autrefois qui avait donné son cœur à un homme qui l'avait blessée. À présent, Lucy était une femme qui cédait à une passion qu'elle avait crue impossible. Elle écarta les jambes pour que Malik puisse venir se glisser entre elles et en sentant son sexe dur venir à son contact, elle crut mourir de désir.

Elle se cambra en soupirant tandis qu'il prenait ses seins en coupe et elle frissonna quand il saisit un de ses mamelons dans sa bouche pour le taquiner, le mordiller et le lécher. Lucy bascula la tête en arrière et ses soupirs se transformèrent en gémissements de plaisir.

— J'ai envie de toi, murmura-t-elle d'une voix rauque.

— Pas autant que moi.

Malik continua à caresser les seins de Lucy et à les embrasser, puis ses mains parcoururent son corps doux et lisse. Il se pencha vers elle et fit lentement glisser sa langue le long de son ventre jusqu'à son nombril. Son érection était si puissante qu'elle en était douloureuse mais il voulait prendre son temps, et surtout donner le maximum de plaisir à cette femme qui s'offrait à lui aussi merveilleusement. Il voulait prendre Lucy avec douceur et sentir son corps ne faire plus qu'un avec le sien. Il voulait voir son visage s'éclairer d'un sourire de bonheur comblé.

Mon Dieu, il voulait être « romantique ». Et à l'instant où cette pensée lui vint, il la refoula. Non, il ne s'agissait nullement de romance. Ce concept dévastateur lui était totalement étranger. Ce n'était que du désir. Et cela, en revanche, s'intégrait parfaitement à son monde bien huilé. C'était un concept qu'il pouvait contrôler. Quel risque y avait-il ? Ils se comprenaient bien, alors il n'y avait aucun danger. Pourtant, en cet instant, il avait le sentiment d'être monté dans un train à grande vitesse que rien ni personne ne pourrait arrêter.

Malik plongea sa langue dans le nombril de Lucy, puis il descendit plus bas et elle frémit de désir sous lui. Il enfouit son visage dans le doux duvet de son sexe et quand il en écarta doucement les plis, elle sanglota et son corps se figea pendant quelques secondes. Il effleura de sa langue le cœur de son intimité et elle gémit de plaisir en enfonçant ses mains dans ses cheveux. Il savait qu'il pourrait la faire jouir très rapidement car il la sentait approcher inexorablement de l'orgasme. Mais il voulait qu'elle atteigne l'extase quand il serait en elle et lui-même ne pourrait plus se contrôler encore très longtemps. Alors, il s'écarta de la vision parfaite de son corps étendu et tendit le bras vers le tiroir de sa table de chevet pour attraper un des préservatifs qu'il gardait toujours dans son portefeuille. Il déchira le sachet avec ses dents et fit glisser la gaine de latex sur son membre dressé.

— Dépêche-toi, supplia Lucy en se tournant vers lui pour le regarder de ses beaux yeux embrumés de désir.

— Une femme exigeante. Ça me plaît et je ne veux rien d'autre que la satisfaire, dit-il.

Sur ces mots, il posa ses mains sur les hanches de Lucy et la pénétra profondément d'une traite. Elle cria son nom et il la sentit se resserrer délicieusement autour de son sexe. Alors, il éprouva un bien-être si intense qu'il dut fermer brièvement les yeux. Il commença à la prendre en de profonds va-et-vient, et très vite le corps de Lucy s'arqua et se figea dans un orgasme qui lui arracha un hurlement de plaisir. Il la regarda jouir, se délecta de la couleur qui inondait ses joues, de sa bouche entrouverte et de ses cils battants et c'est seulement alors qu'il s'autorisa à lâcher prise. Mais alors, ce fut… explosif.

Jamais il n'avait ressenti un tel plaisir. C'est comme s'il avait traversé un portail menant à un univers totalement différent.

Il roula sur le côté, encore essoufflé et s'allongea sur le dos, une main sur les yeux. Il devina que Lucy se tournait vers lui et qu'elle le transperçait du regard. Allait-elle regretter ce qui venait d'arriver ? Pourvu que non…

— Alors ? demanda-t-elle doucement.

Malik enleva sa main et lui lança un regard méfiant.

— Alors ?

— Inutile de prétendre que cela n'a jamais eu lieu, murmura-t-elle.

— Ce serait difficile, admit-il avec un sourire.

— Dans ce cas, nous devons en parler, même si je suppose que ce n'est pas vraiment dans tes habitudes, Malik.

Lucy se redressa sur les coudes et il croisa ses yeux couleur de bleuet.

— Je ne t'imagine pas bavarder beaucoup après le sexe, reprit-elle. Mais peut-être que je me trompe.

— Tu me connais bien…, marmonna-t-il.

— Ce qui s'est passé ne va pas disparaître, alors voilà ce que je te propose …

— Lucy, et si nous remettions ce débriefing à plus tard ? coupa Malik en tendant la main pour repousser une mèche de cheveux blonds qui barrait le visage de la jeune femme. J'ai d'autres activités beaucoup plus intéressantes qui me viennent à l'esprit pour le moment. Rien de trop épuisant, mais une satisfaction garantie…

— C'est terriblement tentant, Malik, mais j'ai une bien meilleure idée. Tu devrais aller nous chercher à boire, un thé, un café ou autre chose, et ensuite, nous pourrons parler tranquillement...

Une conversation post-coïtale. Voilà bien une voie qu'il n'avait jamais empruntée auparavant. Habituellement, dès que le sexe était terminé, les pensées de Malik se tournaient vers le travail et, toujours avec douceur mais fermeté, il entreprenait de sortir du lit dans lequel il se trouvait.

La perspective de rester allongé sous les draps avec cette femme à qui il venait de faire l'amour aurait dû l'irriter, or il n'éprouvait aucun agacement.

Étrange...

— Je vais opter pour autre chose, déclara-t-il en se levant. Ne bouge pas d'un centimètre jusqu'à mon retour.

Et il se pencha pour déposer un doux baiser sur les lèvres de Lucy, comme s'il voulait goûter une dernière fois de sa saveur avant de quitter la pièce.

7

Lucy disposait de quinze minutes avant le retour de Malik. Elle lutta pour chasser les souvenirs brûlants de ce qui venait de se passer entre eux et se concentrer sur les sujets plus prosaïques qui allaient les occuper.

Encore essoufflée par la passion qui les avait emportés, elle parvint à se rhabiller et à s'asseoir sur le canapé situé près de la fenêtre. Il était plus facile de mener une conversation sérieuse lorsqu'on était vêtu. Elle ne comptait pas perdre à nouveau le contrôle. Hors de question que Malik se mette à la considérer comme une femme facile, disposée à faire tout ce qu'il voudrait.

Il ne fallait surtout pas qu'elle le laisse la toucher, car alors ce qui lui restait de bon sens s'évaporait et ses pensées s'embrouillaient. Malik allait se marier. Il ne serait peut-être pas amoureux de la femme qu'il épouserait, mais celle-ci porterait son alliance, et pour Lucy cela signifiait que leurs routes se sépareraient.

Elle savait déjà qu'elle allait devoir donner sa démission, même si Malik tenterait sans doute de l'en empêcher. C'était inévitable.

Lucy avait le sentiment qu'un gouffre s'ouvrait sous ses pieds et qu'elle ne devait pas le regarder sous peine d'y sombrer et devenir folle. Parce que, pour l'instant, l'idée de vivre sans lui l'empêchait de respirer et la plongeait dans un désespoir immense.

Elle surmonterait cette épreuve. Mais elle devrait serrer les dents. Car en vérité, l'avenir, quel qu'il soit, était balayé par ce qui se passait en ce moment. Ce qu'ils venaient de vivre était irrésistible et surpassait toutes les conséquences auxquelles elle devrait faire face, plus tard.

Elle acceptait ce fait, comme elle accueillait cette part d'elle, primitive et passionnée.

Quand Malik poussa la porte, deux verres de cognac à la main, Lucy se tenait sagement assise sur le canapé, les mains posées à plat sur les genoux.

— Tu t'es rhabillée ! s'exclama-t-il en fronçant les sourcils. Pourquoi as-tu fait cela ? Je veux encore te voir nue. Par pitié, ne me dis pas que tu regrettes le moment époustouflant que nous venons de vivre !

— Que nous n'aurions pas dû vivre, corrigea Lucy d'un ton calme. Mais maintenant que c'est fait…

— … inutile de prétendre que ce n'est jamais arrivé.

— Exact. Et pour la conversation qui suit, je préfère ne pas être allongée dans un lit avec toi.

— Cognac ?

Lucy fit la grimace mais elle accepta le verre qu'il lui tendait. Malik vint s'asseoir à ses côtés sur le canapé. Il était toujours vêtu de son simple boxer et elle ne put réprimer un frémissement de désir. Il était si beau.

— Que va-t-il se passer, maintenant ? demanda-t-elle.

Elle posa ses yeux sur le corps bronzé et lisse de Malik. Ses épaules larges, ses muscles saillants étaient comme des aimants qui l'attiraient vers lui. Elle secoua la tête pour reprendre ses esprits.

Le pire, c'est que même s'il n'y avait pas eu cette histoire ridicule de mariage arrangé, elle savait parfaitement que Malik n'était pas prêt à s'impliquer dans une relation. Ce qu'ils venaient de partager n'aboutirait jamais à rien. Son mariage s'accompagnerait-il d'un devoir de fidélité ? Elle l'ignorait.

Quoi qu'il en soit, Lucy avait besoin d'un homme qui s'engage sur le long terme avec elle. Leur histoire n'avait donc aucune issue.

Bien sûr, elle savait ce qu'il en était : Malik était un fantasme absolu, l'objet d'un désir fou et interdit et elle se trouvait face à un choix : accepter ou non ce qui lui était temporairement offert. Car c'était une offre, elle le voyait dans l'éclat de désir brûlant de ses yeux qui ne la quittaient pas tandis qu'il sirotait son cognac.

— Est-ce que tu t'es rhabillée par crainte que l'on se caresse à nouveau ? demanda-t-il à voix basse.

— Pas du tout.

— Eh bien, je n'en crois pas un mot. De toute façon, tu es tout aussi excitante avec tes vêtements.

— Ne me dis pas ce genre de choses quand j'essaye d'avoir une conversation sérieuse avec toi, Malik ! protesta-t-elle. J'ai vraiment besoin que nous en parlions.

— Très bien, je t'écoute.

— Aucun de nous n'a vu cela arriver. C'était…

Elle s'interrompit et haussa les épaules d'un air impuissant.

— Je n'aurais jamais imaginé que ce soit possible, du moins pas dans mon monde, reprit-elle. Mais c'est arrivé et nous sommes là. Je veux dire, nous sommes ici, au Sarastan, sans doute pour quelques semaines encore. D'ailleurs, sais-tu pour combien de temps ?

— Trois semaines, environ.

— Voilà. Donc je répète ma question : qu'allons-nous faire ?

— Il est probable que nous ne puissions pas nous empêcher de nous toucher, déclara-t-il d'une voix rauque et elle frémit, emportée malgré elle par une vague de joie à cette perspective.

— Ce qui est arrivé était soudain et inattendu, mais maintenant peut-être pourrions-nous…

— Laisse-moi t'aider, Lucy parce que je vois bien que tu tournes en rond. Peut-être que cela n'aurait pas dû arriver comme tu le dis, mais je ne partage pas cet avis. Nous sommes tous deux adultes et, qui sait, il est possible que cette attirance ait existé à l'état latent et qu'en arrivant ici cela ait contribué à déverrouiller certaines portes... Que penses-tu de cette théorie ?

— Eh bien...

— Mais maintenant que nous sommes là, poursuivit Malik d'un ton doux, pourquoi ne pas profiter l'un de l'autre ?

Venait-il de formuler à voix haute ce qu'elle pensait tout bas ? Lucy voulait garder le contrôle de la situation. Était-ce cette voie qu'elle voulait explorer ?

— Je n'aime pas l'idée d'être le jouet temporaire de quelqu'un, marmonna-t-elle.

— Ce n'est pas du tout ce que tu es, Lucy. Tu es mon égale.

Elle le regarda fixement et, face à elle, elle vit un homme qui se montrait honnête avec elle. Son expérience malheureuse avec Colin lui avait appris à reconnaître la probité et elle appréciait que Malik se comporte de façon franche et sincère avec elle. Il lui proposait de profiter de cette relation librement tant qu'ils étaient là, puis de s'en libérer.

Lucy avait souhaité une conversation sérieuse et elle l'avait obtenue. Elle avait voulu garder le contrôle de la situation et de ses choix et c'est ce qu'on lui offrait.

Malik contempla attentivement son visage en forme de cœur. Aucun homme ne l'avait-il jamais séduite ? Lucy se réservait-elle pour son prince charmant, s'autorisant de temps à autre des liaisons sans lendemain, dans l'attente de trouver celui qui partagerait ses rêves de conte de fées ?

Soudain, il se sentit mal à l'aise à l'idée qu'elle puisse commencer à se faire des idées sur le tournant qu'avait pris leur relation. Mais, sous-jacente à ce malaise, il ressentait une satisfaction perfide à la pensée d'avoir excité la jeune femme comme personne n'y était parvenu avant lui. Toutefois, il convenait de tuer dans l'œuf ce frisson illicite. Même s'il ne voulait pas la blesser à nouveau, il était important que la situation soit parfaitement claire.

— Je dois t'avertir, Lucy, annonça-t-il le plus doucement possible. Je ne voudrais pas que tu attendes davantage que ce que nous nous offrons en ce moment.

— Ce qui veut dire ?

— Ce qui veut dire que nous nous séparerons aussi facilement que nous nous sommes unis. C'est ainsi.

— C'est très poétique, Malik, mais c'est aussi ton ego qui me parle. Penses-tu honnêtement que toutes les femmes avec qui tu couches tombent amoureuses de toi ?

— Je te trouve tellement sexy quand tu joues les femmes dominantes, murmura-t-il avec un sourire diabolique.

— Arrête de me déconcentrer ! s'exclama-t-elle en rougissant.

— Je t'en prie, poursuis ce que tu disais.

— Malik, je sais que tu vas te marier et, alors, tu finiras probablement par vivre ici.

— Qu'est-ce qui te fait dire ça ?

— Le bon sens. Ta nouvelle épouse ne voudra probablement pas s'installer et fonder une famille si loin de la sienne, de ses amis et de tout ce à quoi elle est habituée.

Lucy s'interrompit pour reprendre son souffle.

— Tu seras amené à partager ton temps entre l'Angleterre et le Sarastan et, de mon côté, je ne pourrai pas suivre. Je suis ici de façon temporaire, Malik, mais j'ai ma vie et ma famille à Londres.

Elle prit une grande inspiration, déterminée à aller jusqu'au bout de ce qu'elle avait à dire.

— Nous... nous nous désirons l'un l'autre, c'est évident. Et ce désir s'atténuera quand nous serons rentrés. Alors, je me mettrai à chercher du travail et tout ce que je te demanderai, ce sera de me fournir une lettre de recommandation...

— Je ne sais pas comment tu arrives à tirer autant de

conclusions en si peu de temps ! s'exclama Malik en fronçant les sourcils. D'abord tu me maries, puis tu annonces que je vais m'installer ici parce que mon épouse ne supportera pas de déménager à Londres.

— Même si tu décidais de revenir vivre en Angleterre avec la femme que tu as épousée, je ne pourrais pas continuer à travailler avec toi après ce qu'il s'est passé. Je serais trop mal à l'aise vis-à-vis d'elle.

— Les mariages de convenance n'obéissent pas aux mêmes règles que les unions classiques.

— Qu'est-ce que ça veut dire ?

— Les sentiments prennent une importance secondaire par rapport aux considérations pratiques. Regarde mes parents, ajouta-t-il. Quoique, pour être honnête, il semble que le temps ait adouci leur relation. Peu importe, je suppose que cela n'a rien à voir avec le modèle de ta famille, n'est-ce pas ?

— Mes parents se sont connus sur les bancs de l'université et après quelques dizaines d'années en commun et six filles, ils continuent à rire et à se tenir par la main dans la rue, répondit Lucy en souriant.

— Ils s'aiment, murmura Malik.

— Cela arrive, tu sais. L'amour, le mariage et une vie heureuse ensemble.

— J'en suis sûr.

— Mais pas pour toi ?

— Pas pour moi, confirma-t-il en haussant les épaules. Je ne suis pas fait pour ça. Mais toi, tu l'es. C'est pourquoi il est important que nous acceptions tous deux les limites de cette… situation magique qui nous a réunis.

Il tendit la main vers elle et lui caressa la joue, puis ses doigts glissèrent sous l'encolure de son T-shirt.

— Malik, tu sais que je n'arrive plus à réfléchir quand tu fais ça...

Lucy aurait voulu s'écarter mais en vérité, elle mourait d'envie qu'il la touche à nouveau. Elle voulait sentir son poids sur elle. Elle le voulait en elle.

— Tant mieux. C'est assommant de trop réfléchir.

— Nous avons encore des sujets à régler.

— Et nous le ferons, c'est promis. Mais d'abord, laisse-moi te déshabiller.

Elle ne put réprimer un gémissement lorsqu'il fit doucement remonter son T-shirt avant de le faire passer par-dessus sa tête.

— Retournons au lit, suggéra-t-il d'une voix rauque en la tirant par la main pour qu'elle le suive.

Cette fois, Lucy resta debout et se déshabilla lentement devant lui, appréciant le regard brûlant qu'il posait sur elle. Et quand elle le rejoignit sur le lit, elle était humide de désir et prête pour lui.

Malik lui écarta les jambes avant d'introduire deux doigts dans son sexe trempé qu'il commença à caresser en s'attardant sur le cœur de son intimité. Elle gémit et faillit s'évanouir de plaisir en voyant le renflement de son sexe durci sous son boxer. Il poursuivit sa caresse intime et elle sentit son plaisir monter comme une vague. Elle se cambra et sanglota de bonheur quand il saisit un de ses seins de sa main libre avant de plaquer sa bouche dessus. Lucy avait entendu dire qu'on pouvait éprouver un plaisir infini sans pénétration et Malik le lui démontra en explorant son corps et en la caressant sans relâche pendant plus d'une heure, la faisant jouir merveilleusement à plusieurs reprises. Et elle aussi le lui prouva en l'embrassant à son tour puis en faisant glisser ses lèvres jusqu'à son boxer qu'elle lui enleva avant de prendre son membre gonflé dans sa bouche. Elle le caressa, le lécha et le suça avec sa langue et sa main pour le conduire là où il l'avait menée. Quand Malik la repoussa, prêt à exulter, elle attrapa elle-même un préservatif qu'elle fit glisser sur son sexe énorme avant de venir s'empaler profondément sur lui en criant de plaisir. Un orgasme surpuissant les emporta tous deux quasi instantanément et, épuisée, Lucy retomba sur lui, le corps agité de petits spasmes.

— J'ai l'impression d'avoir couru un marathon, murmura-t-elle en riant doucement.

— Et moi, je découvre qu'il est parfois très gratifiant de laisser quelqu'un d'autre prendre les choses en main. Tu viens de me le prouver.

Malik se plongea dans les yeux de bleuet de Lucy et il ressentit un pincement douloureux. À quoi pensait-elle ? Elle tenait de grands discours mais, au fond, était-elle aussi forte qu'elle le prétendait ? Il devinait que la jeune femme était profondément émotive et romantique dans l'âme. Malik se persuadait qu'ils étaient entrés tous deux dans cette aventure de façon rationnelle et contrôlée mais il devait admettre que son cœur avait du mal à suivre cette théorie.

— Je ne veux pas te faire de mal, fit-il soudain d'un ton bourru.

Lucy haussa les épaules d'un air désinvolte mais il vit passer dans son regard une lueur de tristesse qui le bouleversa.

— C'est compliqué pour moi en ce moment, reprit-il. Ma vie, mes choix… Tu le sais aussi bien que moi.

— Ce n'est pas grave.

— Ça l'est si je te fais du mal.

— Arrête de penser que je suis si fragile. Je ne suis pas en porcelaine. Tu ne peux pas me faire de mal. Tu le pourrais seulement si j'étais amoureuse de toi et je ne le serai jamais. C'est impossible.

— Que veux-tu dire ?

— Cela n'a pas d'importance, Malik. Je devrais retourner dans ma chambre. Après un marathon, rien ne vaut un bon sommeil réparateur, conclut-elle avec un petit sourire.

— Reste avec moi, ce soir.

Jamais il n'avait fait une telle proposition à une femme mais il le souhaitait sincèrement. Il voulait partager son lit avec Lucy. Pouvoir tendre la main et sentir son corps tendre et doux plongé dans le sommeil. Se réveiller demain et contempler son joli visage. Mais surtout, il avait envie de voir cette tristesse disparaître de ces yeux magnifiques.

— Parle-moi, Lucy. Tu as été blessée par le passé. Raconte-moi ce qui t'est arrivé...

Lucy s'écarta de Malik pour fixer le plafond.

Ses yeux s'étaient accoutumés à l'obscurité, et la lumière de la lune reflétait les formes des objets qui se trouvaient dans la pièce.

Colin avait changé la direction de sa vie et de son cœur. Depuis, elle avait tourné le dos à tout ce qu'elle considérait comme dangereux. Pourtant, Malik était dangereux, elle le savait. Mais elle le désirait tellement...

Elle pensa à son amie Helen qui avait cru être suffisamment forte pour ne pas tomber amoureuse de son patron et qui s'était trompée.

Il n'allait tout de même pas lui arriver la même chose, si ? Lucy était protégée par son expérience malheureuse qui lui avait servi de leçon. Elle se le répéta comme un mantra en fixant les ombres qui dansaient au plafond. Elle avait voulu ce qui était arrivé. Alors pourquoi était-elle en proie à un tel trouble ?

— Jamais je ne voudrais te faire du mal, répéta Malik d'une voix grave en brisant le silence. Tu me dis que cela ne peut pas arriver et pourtant, tu es là, allongée à côté de moi et je sens que tu souffres. Pour moi, il n'y a rien de sordide dans ce que nous avons partagé. Au contraire, je trouve cela... magnifique. Est-ce différent à tes yeux ? Te sens-tu rabaissée d'une manière ou d'une autre ? parce que je t'assure que ce n'est pas mon intention.

Lucy se tourna sur le côté pour le regarder et son cœur se serra dans sa poitrine. Elle eut envie de se blottir contre lui.

— Je ne me sens pas rabaissée, répondit-elle d'une petite voix.

— Dis-moi qui t'a fait du mal.

— Je n'ai jamais dit que quelqu'un m'avait fait du mal. C'est juste que... je veux de l'amour, un mariage, des enfants et jamais je ne pourrais tomber amoureuse d'un homme qui ne s'intéresse à rien de tout cela.

— Je n'ai rien contre le mariage et les enfants, mais j'avoue que l'amour est une complication dont je préfère me passer...

— Pourquoi ?

— Disons que j'ai grandi avec le sens du devoir et des responsabilités et que cela a façonné l'homme que je suis devenu.

Il s'interrompit quelques secondes avant de reprendre.

— C'est pourquoi j'ai jugé important de te mettre en garde contre le risque d'attendre plus que ce que je pouvais te donner. Tu veux de l'amour dans la vie et tu mérites d'en avoir, ajouta-t-il en lui caressant la joue.

— Il faut surtout que je m'assure de ne pas bêtement tenter de le chercher dans ta direction, avoua Lucy en souriant.

— Je me montre honnête avec toi.

— C'est vrai et c'est pour cela que je ne me sens ni abaissée ni utilisée. Mais tu as raison quand tu dis que j'ai été blessée par le passé, reconnut-elle en détournant le regard.

Malik se figea et il enleva la main de son visage.

— Raconte-moi.

— Je ne l'ai jamais dit à personne, confia-t-elle. Et si je me décide à le faire maintenant, c'est seulement pour que tu comprennes que je suis sincère quand je déclare que je n'en voudrai pas davantage avec toi. Pour que tu ne craignes pas, à chaque fois que nous faisons l'amour, que je ne commence à m'accrocher à toi comme une bernique.

Malik lui adressa un sourire ironique.

— Ton talent pour l'exagération ne cessera jamais de m'impressionner.

— Je suis tombée amoureuse d'un type à l'âge de dix-huit ans quand j'étais à l'université. Je pensais… qu'il était l'homme de ma vie et je lui ai fait confiance. Mais quand je suis tombée enceinte par accident, eh bien, j'ai compris qu'en réalité je ne valais rien à ses yeux. Il m'a quittée aussitôt en déclarant que je m'étais fait des idées, qu'il n'avait jamais cherché à s'engager et que je n'avais qu'à me débrouiller. Quelque temps après, j'ai fait une fausse couche. Ma grossesse venait tout juste de commencer mais cela m'a… dévastée, Malik.

Les larmes jaillirent de ses yeux sans qu'elle puisse les retenir. Et quand elle sentit le contact doux et chaud de ses doigts qui les essuyaient, son chagrin ne fit qu'augmenter.

— Oh ! Lucy…

— J'ai surmonté cette épreuve, reprit-elle d'une voix tremblante. J'ai abandonné mes études et je me suis lancée dans le vaste monde.

— Et personne dans ta famille ne l'a su, n'est-ce pas ? devina-t-il.

— Je n'aurais pas supporté leur pitié. J'avais besoin de gérer cela toute seule.

— Je comprends.

— Vraiment ? fit-elle en le regardant à travers ses larmes. Quoi qu'il en soit, je m'en suis sortie. Mais surtout, j'ai compris avec le recul que Colin n'avait jamais été celui qu'il me fallait. J'ai aussi compris que l'homme avec qui je ferais ma vie devrait partager les mêmes convictions que moi vis-à-vis de l'amour. Voilà. J'espère que tu me crois à présent quand je te dis que je n'attendrai rien de plus de notre histoire. Si pour toi, ce n'est que du sexe, alors c'est pareil de mon côté.

Malik résista à la tentation d'enlacer Lucy et de la serrer très fort contre lui. Il aurait bien aimé aussi casser la figure au type qui lui avait brisé le cœur.

Mais au fond de lui, un sentiment troublant naissait, celui d'être en quelque sorte réduit par ce qu'elle avait déclaré, même si c'était parfaitement vrai. Entre eux, ce n'était qu'une question de sexe. Rien de plus. Parce qu'il était bien l'homme qu'elle venait de décrire : celui qui ne s'engageait pas, qui ne livrait pas son cœur et qui voulait tout contrôler. Alors pourquoi ce portrait pourtant fidèle lui déplaisait-il autant ? Il refoula cette pensée inconfortable et s'approcha de Lucy.

— J'aime cette idée d'aventure sexuelle, murmura-t-il en la prenant tendrement dans ses bras.

Devait-il chercher à obtenir davantage de détails sur ce Colin ? Son nom de famille, l'endroit où il vivait ? Cela faisait longtemps mais il pourrait retrouver sans peine la trace de cette ordure et lui faire payer le mal qu'il avait fait à Lucy. Malik était un homme puissant. Il lui suffisait d'un mot pour briser une carrière. Œil pour œil, dent pour dent.

Non. Il serra les dents et repoussa cette idée de vengeance. Lucy avait été claire : ils vivaient une relation « sans complication ».

— Je dois aussi te raconter quelque chose à mon sujet, Lucy.

Après tout, elle méritait de savoir comment il était devenu l'homme qu'il était aujourd'hui. Pour comprendre qu'il était inutile de s'attacher à lui. Si toutes les cartes étaient posées sur la table, il ne risquait pas d'y avoir de malentendu entre eux. Lucy avait raison, le temps qui leur restait était compté. Il allait bientôt se marier et partagerait sa vie, au moins au début, entre le Sarastan et Londres. Jusqu'à ce que sa nouvelle épouse prenne ses marques et accepte de déménager définitivement en Angleterre. Mais à terme, Malik savait qu'il retournerait probablement définitivement dans son pays. C'était inévitable.

En attendant, hors de question d'être mis dans la même

catégorie que ce type infâme qui l'avait blessée. Cette simple idée le faisait grincer des dents et le remplissait d'une fureur impuissante.

— Que t'est-il arrivé ? demanda Lucy en souriant. Tu n'es pas obligé de me le dire si tu n'en as pas envie. Je te connais, Malik. Tu n'as pas à me mettre en garde contre toi, poursuivit-elle en caressant doucement son torse.

— Attends une minute, dit-il en sentant une flamme de désir le brûler.

— Une minute ? Et moi qui croyais que tu ne pensais qu'à ça...

— Maintenant, tu me fais passer pour quelqu'un de superficiel, répliqua-t-il avant de froncer les sourcils. J'ai eu ma part de souffrance, reprit-il d'un ton bourru. Pas autant que toi, bien sûr, mais j'ai moi aussi rencontré une personne qui m'a fait du mal. Cette femme m'a laissé tomber et n'était pas celle qu'elle prétendait être. J'avais le même âge que toi, quand tu as eu le cœur brisé par ce salopard.

Lucy lui lança un regard si chaleureux que Malik détourna brièvement les yeux. Il aurait dû se sentir mal à l'aise de se confier ainsi pour la première fois de sa vie, et pourtant il ne ressentait qu'un sentiment de libération.

— Elle t'a blessé.

— Elle a blessé ma fierté, corrigea-t-il d'un ton grave. Cela m'a suffi pour comprendre que ce que mes parents avaient accompli était le modèle à suivre. Pour ne pas risquer d'être meurtri. Il n'y a pas de place en moi pour l'amour et les contes de fées, je le sais. J'ai cru aimer Sylvie mais, avec le recul, je me rends compte que ce n'était même pas cela. Je pense que cette émotion m'est tout simplement étrangère. Comme je te l'ai dit plus tôt, nous sommes façonnés par nos expériences. Dans ton cas, le chagrin ne t'a pas fait tourner le dos à l'amour car tu as l'exemple de tes parents et tu cherches à le suivre. Dans le mien, pas de cœur brisé, mais une conviction, renforcée par le modèle de mes parents qui s'est révélé infaillible et heureux, somme toute. Je soupçonne que, avec le temps, ils soient même parvenus à ouvrir une porte à l'affection et peut-être même à l'amour.

— Malik, je suis désolée… Sylvie. Quel joli nom… Je parie qu'elle était très belle, non ? J'imagine de longs cheveux lisses, de grands yeux et une figure d'elfe.

— Quelle importance cela a-t-il à présent ? répliqua Malik en esquissant un sourire. Quoi qu'il en soit, il me semblait important de mettre toutes les cartes sur la table pour que…

— Tu n'as pas besoin de me l'expliquer, Malik. J'ai compris.

— Mon avenir est plein d'incertitudes et je ne te demanderai jamais de te plier en quatre pour moi. Comme tu l'as dit, tu as ta vie, tes amis et ta famille en Angleterre.

— Tu penses donc finir par t'installer définitivement au Sarastan ?

— Je l'ignore mais tu as soulevé un point important en suggérant que celle que j'épouserai aura sans doute besoin d'une période d'adaptation avant de songer à vivre durablement à Londres.

— Il nous reste encore un peu de temps à partager et nous acceptons donc le fait qu'il n'y aura rien au-delà, déclara Lucy. Rien de plus que ce qui est sur la table. Et c'est déjà fabuleux, conclut-elle en soupirant.

— Oui. Et compte sur moi pour que les souvenirs que je te laisse le soient encore plus, ajouta-t-il avec un sourire coquin.

Lucy refoula une pointe de douleur. Ils avaient mis les choses au clair et elle n'avait plus qu'à s'abandonner à ce plaisir charnel et merveilleux. Et mon Dieu, elle en avait tellement envie que c'en était douloureux.

Le désir qui l'animait était si puissant qu'il vaincrait les obstacles qui se dressaient sur son chemin. Ils connaissaient tous deux les limites de leur histoire. Cela pouvait fonctionner.

Ils profiteraient de cette liberté de s'explorer et goûter l'un à l'autre durant le temps qui leur était imparti. Sans culpabilité ni regret, une fois que celui-ci serait écoulé.

Elle entoura Malik de ses bras et se serra contre lui, suffisamment près pour entendre leurs cœurs battre à l'unisson.

— Eh bien, si nous commencions à emmagasiner ces souvenirs ? suggéra-t-elle.

— Excellente idée, grogna malik avant de l'embrasser avec passion.

8

— À quoi penses-tu ? demanda Malik à Lucy qui regardait par la fenêtre du 4x4 avec une expression fascinée.

Elle détourna les yeux des dunes de sables ondulantes qui les entouraient. Le ciel brillait des couleurs vibrantes du crépuscule qui teintait le paysage d'orange, d'indigo et d'argent. D'ici quelques instants, toutes ces nuances disparaîtraient, remplacées par le bleu profond de la nuit du désert, à laquelle elle commençait à peine à s'habituer.

Une demi-heure plus tôt, tandis que Malik les conduisait en dehors de la ville, elle avait aperçu un groupe de chameaux qui se prélassaient à l'ombre d'un bosquet d'arbres clairsemés aux formes majestueuses.

— Je me disais que je n'ai jamais fait un tel voyage. Mes cinq jours passés dans un hôtel tout compris à Ténériffe semblent bien ternes en comparaison…

— C'était tes dernières vacances ?

— Mes dernières vacances en famille, précisa-t-elle. Rose était sur le point de se marier et nous voulions partir tous ensemble, une dernière fois. Tu te souviens de ce que je t'ai raconté, ensuite ?

— Comment oublier l'histoire de la demoiselle d'honneur qui est tombée dans une fontaine ? répondit Malik en riant. Ou bien de cette robe rose à volants que tu détestais mais que tu as fini par adorer en voyant les photos du mariage ? Ou encore cette panique concernant la météo qui s'est révélée finalement clémente ?

— Tu as vraiment une mémoire phénoménale, déclara Lucy, impressionnée.

— On me l'a déjà dit, répliqua-t-il en lui lançant un regard sombre avant de porter à nouveau son attention sur la route.

— Il est vrai que je parle beaucoup. C'est donc facile d'apprendre des détails de ma vie. En tout cas, c'était notre dernière grande réunion familiale.

— Ça avait l'air intense.

— Tu n'imagines pas à quel point ! Mais pour être honnête, c'est toujours un plaisir de partir avec eux. Va moins vite, Malik ! ajouta-t-elle en lui tapotant le bras. Je n'ai le temps de rien voir !

Malik esquissa un sourire. Leur relation avait changé, mais ce n'était pas seulement parce qu'ils étaient devenus amants. Depuis cet instant où ils avaient décidé de laisser libre cours à leur désir, il avait beaucoup de mal à supporter le moindre obstacle qui l'empêchait de toucher Lucy autant qu'il le voudrait.

Ils venaient de passer trois jours pénibles au bureau pour superviser le transfert complexe des tâches entre les différents dirigeants des filiales. Observer Lucy faire consciencieusement son travail, tête baissée, sans un regard pour lui, l'avait mis dans un état d'agitation inhabituel. Lors de ses visites chez ses parents, Malik s'était retrouvé à regarder sans arrêt sa montre, comptant les secondes qui le séparaient du moment où il pourrait retourner au palais et se délecter à nouveau de son corps délicieux.

Et voilà que la jeune femme se prenait de passion pour les chameaux…

— Tu es déjà monté sur l'un d'eux ? demanda-t-elle en se tournant vers lui d'un air ravi.

— Quand on grandit dans le désert, c'est une étape inévitable, répondit-il.

— Comme c'est excitant !

— Mais ils ne sentent pas toujours très bon…

Lucy éclata de rire et le cœur de Malik bondit dans sa poitrine. Il aimait l'entendre rire. Soudain, une pointe d'inquiétude le transperça. Était-ce normal qu'elle lui manque autant dès qu'elle n'était pas là ? Et qu'il pense aussi souvent à elle ? Pas seulement au sexe, mais aussi au plaisir qu'il avait à être en sa compagnie ? Devait-il tirer la sonnette d'alarme ?

Non. Ils étaient sur la même longueur d'onde, même s'ils ne mentionnaient jamais le moment où leur histoire s'achèverait. Ils vivaient l'instant présent et ils le vivaient intensément. Voilà tout.

La préparation du bal avançait à grand pas et Malik devrait aborder ce sujet avec Lucy tôt ou tard. Pourtant, il repoussait cette étape, sans bien savoir pourquoi. Pour l'instant, il préférait nettement l'écouter s'enthousiasmer sur le paysage. Lucy n'avait aucune idée de l'endroit où il l'emmenait et il avait hâte de voir son visage s'illuminer en le découvrant.

— Tu ne m'as toujours pas dit où nous allions.

— J'aime te surprendre.

— Ne l'as-tu pas déjà fait, souvent ? murmura-t-elle.

— Vraiment ? fit-il. De quelle manière ? Non, ne me dis pas. Je préfère deviner ce que ton corps me répond à chaque fois que je le touche.

— Il y a d'autres surprises dans la vie que le sexe !

Malik éclata de rire.

— Tu as raison. Et nous nous dirigeons vers l'une d'elles en ce moment même. Tu vois ce qui brille, au loin ?

Lucy regarda dans la direction qu'il indiquait tandis que leur voiture contournait les dunes pour s'approcher des lumières qui scintillaient comme des petites étoiles dans le velours noir de la nuit. Elle distingua bientôt une tente de nomade entourée de lampes, devant laquelle des gens étaient occupés à cuisiner et à dresser une table couverte de lin blanc. C'était une mise en scène digne d'un conte de fées mais, alors qu'elle aurait dû s'émerveiller, Lucy fut soudain incapable de se réjouir.

Quand elle avait déclaré à Malik qu'il l'avait souvent surprise, elle ne pensait pas seulement aux expériences charnelles inouïes qu'il lui faisait vivre ni à l'effet que cela produisait sur son corps. Elle faisait également allusion aux confidences qu'il lui avait faites sans s'en rendre compte sur sa vie passée.

Comme la fois où, étudiant, il était allé voir le directeur de son pensionnat pour lui parler d'un de ses camarades qui avait tellement le manque du pays que Malik s'inquiétait pour sa santé mentale. Ou lorsqu'il lui avait dit avec nostalgie qu'il avait toujours rêvé d'avoir un chien mais qu'on le lui avait interdit toute son enfance. Ou encore sa façon de s'assurer sans cesse qu'elle allait bien et de s'accommoder à ses besoins pour la mettre à l'aise. Elle avait entrevu de Malik mille facettes qu'elle ne connaissait pas.

Lucy sentit son cœur s'emballer dans sa poitrine. Elle s'était lancée dans cette aventure, les yeux grands ouverts et convaincue qu'elle ne prendrait que ce dont elle avait besoin sans se mettre en danger. Mais elle comprenait à présent qu'elle s'était lourdement trompée. Et elle avait le sentiment de se noyer dans un lac sans fond, sans rien à quoi se raccrocher.

Car elle était tombée irrémédiablement amoureuse de Malik. Et cette évidence s'imposa dans toute sa clarté, faisant naître en elle un vent de panique.

Elle fut à peine consciente que la voiture s'était arrêtée et qu'un homme, vêtu de la tunique traditionnelle du désert, avait ouvert sa porte, attendant qu'elle sorte. Elle secoua la tête pour reprendre ses esprits et fit quelques pas dehors.

Malik la rejoignit et glissa la main autour de son bras.

— Ce soir, tu vas goûter aux spécialités de mon pays, préparées par l'un des meilleurs chefs du royaume, déclara-t-il en souriant.

— Un dîner sous les étoiles, murmura-t-elle rêveusement.

Quand était-ce arrivé et qu'allait-elle faire, maintenant ?

— Assieds-toi. Cette soirée est pour toi et je veux que tu en savoures chaque minute.

Lucy portait un châle en pashmina léger et Malik le lui ôta avant de le confier à un domestique. Malgré le personnel conséquent, elle avait le sentiment d'être dans l'endroit le plus privé du monde.

Tout en admirant la vue et en s'efforçant d'afficher un sourire de convenance, Lucy réfléchissait frénétiquement.

Elle ne devait surtout pas se faire d'illusion : ils avaient été clairs l'un envers l'autre : il n'y avait rien à attendre de cette histoire. L'essentiel était de ne pas dévoiler ses sentiments.

— Tu es la première personne avec qui je fais cela, révéla Malik en s'asseyant avec elle autour de la table.

— C'est dommage, c'est si beau ici ! Honnêtement je n'ai jamais rien vu d'aussi magnifique. Cela dit, je n'ai pas souvent voyagé en dehors de l'Europe.

Lucy l'aimait, elle le désirait et à moins d'inventer une excuse pour partir plus tôt, elle était encore là pour quelque temps.

Ressaisis-toi. Tu as toujours su que ça ne durerait pas.

— Puis-je te donner un conseil ? dit-il d'une voix douce.

— Bien sûr.

On leur apporta des amuse-bouche exquis, ainsi que de l'eau fraîche et une bouteille de champagne dans un seau à glace. Quand leurs coupes furent remplies du liquide pétillant, elle saisit la sienne pour en boire une gorgée et elle contempla Malik, songeuse. Dans la lumière tamisée, il était si beau avec sa chemise blanche et son pantalon en lin gris qu'elle ne put réprimer un frisson.

— Quand tu reviendras à Londres, je trouve que tu devrais envisager de retourner à l'université.

— Quoi ?

— Tu m'as expliqué pourquoi tu avais abandonné tes études il y a des années et à chaque fois que j'y pense, ça me met en colère. Tu es capable de gravir tous les échelons que tu veux pour parvenir au succès.

— Pour devenir riche ?

— Il n'y a rien de mal à cela.

— Ce n'est pas ma priorité dans la vie et tu le sais.

Mon Dieu, il était irrésistible... Le cœur de Lucy était déjà brisé et il le serait encore dans deux semaines alors pourquoi ne pas profiter de ce qu'elle avait en attendant ? Pourquoi ne pas vivre l'instant présent et se régaler de ce qui était offert, plutôt que de s'apitoyer sur elle-même ?

Elle respira plus calmement. Elle devrait cacher ses sentiments, mais tant qu'elle était là, elle comptait bien se rassasier de cet homme au maximum.

— Puis-je te tenir la main ? demanda-t-elle à voix basse avant de jeter un regard par-dessus son épaule. Ou bien est-ce inconvenant de proposer cela à un prince de ton rang ?

— Tu peux, répondit doucement Malik.

— Tant mieux, fit-elle en entremêlant ses doigts aux siens. Mmmh, c'est délicieux, ajouta-t-elle en goûtant à un amuse-bouche. Je vais rentrer à Londres avec cent kilos de trop.

Évoquer souvent son retour prochain serait une bonne façon de l'aider à surmonter le déchirement de leur séparation.

— Promets-moi que tu ne feras jamais de régime, fit Malik en plongeant ses yeux dans les siens. J'aime beaucoup trop tes formes.

Lucy ne put réprimer un frisson de désir.

— Pas sûr que cela plaise aussi au type qui attend de me rencontrer dans quelques mois...

— Quel type ?

— Je ne l'ai pas encore trouvé, répondit-elle d'un air désinvolte. Mais je peux compter sur mes sœurs pour jouer les entremetteuses dès que j'aurai posé un pied à Londres.

— Inutile de se précipiter, marmonna Malik d'un ton glacial en fronçant les sourcils.

Lucy le regarda, amusée par son accès de jalousie. C'était tout de même fort que cela l'énerve alors qu'il était sur le point d'épouser une femme qu'il ne connaissait même pas !

— Je ne suis plus toute jeune, murmura-t-elle en souriant. Hors de question de finir à soixante ans comme la vieille tante célibataire entourée d'une foule de neveux et nièces.

— Ton talent pour l'exagération va me manquer, lança-t-il en souriant.

Dans ce cas, ne me laisse pas partir...

Elle refoula cette pensée perfide et but une nouvelle gorgée de champagne tandis qu'on leur apportait des plats plus appétissants les uns que les autres.

— Je pourrais t'aider.

Son cœur fit un bond.

— Pardon ?

— Tu dis que l'argent ne t'intéresse pas mais tu as un potentiel inouï, Lucy. Je serais très honoré de prendre en charge tout ce que cela coûtera si tu décides de reprendre ton cursus de mathématiques à l'université. Tu pourrais travailler en alternance dans l'une de mes entreprises pendant tes études pour maintenir un salaire convenable. Après cela, toutes les portes s'ouvriront à toi. Qu'en dis-tu ?

Lucy posa les mains sur les genoux avant de serrer les poings de toutes ses forces sous la table pour étouffer la souffrance immense qui s'emparait d'elle. Malik était empli de bonnes intentions à son égard et c'était encore plus douloureux à supporter. Il n'était pas content de la voir partir mais il s'y était déjà résigné. Et maintenant, il s'achetait une bonne conscience après leur liaison en lui proposant un coup de main financier.

— C'est très tentant, Malik, répondit-elle d'un ton léger. Je n'ai pas encore réfléchi à ce que je ferai en rentrant à Londres, mais je crois qu'une fois que j'aurai quitté le Sarastan il est préférable que nous n'ayons aucune sorte d'arrangement permanent l'un envers l'autre.

— Que veux-tu dire ?

— Je ne veux pas que tu finances mes études. Ni avoir à te tenir au courant de la façon dont cela se passe dans la mesure où tu seras le payeur. Non, je préfère couper les ponts, une fois que je serai partie.

— Jamais je ne me considérerais comme ton « payeur » ! lança Malik d'une voix pleine de colère.

— Pardonne-moi. C'est injuste de ma part. Mais pour être tout à fait honnête, je ne souhaite pas reprendre les cours à l'université.

— Puis-je au moins te demander pourquoi ?

Lucy soupira.

— Cette époque est révolue. Je ne vois plus la nécessité d'obtenir un diplôme. Je devrais m'en sortir sans problème avec mon CV et une bonne lettre de recommandation de ta part. Rappelle-moi pourquoi nous parlons de cela, déjà ? lâcha-t-elle en s'efforçant de lui adresser un sourire enjôleur.

— Parce que c'est important, répliqua-t-il d'un ton sérieux.

Elle le fixa en sentant son cœur fondre de tendresse et d'amour pour lui.

— Et si nous changions de sujet ? suggéra-t-elle en souriant. Je voudrais profiter de cet endroit merveilleux que je ne reverrai probablement jamais. Et me régaler de chacun de ces plats délicieux, même si ma balance ne sera pas d'accord. Et puis, quand nous serons rentrés...

— Pardonne-moi de me préoccuper de ce qui serait bon pour toi, coupa Malik d'un ton sec.

— Tu n'as pas à t'inquiéter de ce qui m'arrivera quand je quitterai le Sarastan, dit-elle doucement. Je veux seulement que nous tirions le meilleur parti des moments qu'il nous reste à passer ensemble.

Malik soupira et hocha lentement la tête en guise de réponse.

Le dîner fut exquis et ils passèrent un long moment à contempler la voûte étoilée en parlant de sujets plus légers. Puis, après s'être régalés de café et de pâtisseries, ils se préparèrent à rentrer au palais.

Lucy commençait à se sentir un peu fatiguée. La journée avait été riche en émotions et les souvenirs extraordinaires de cette journée encombraient son esprit, l'empêchant de réfléchir.

Mais tandis qu'ils prenaient place dans la limousine qui devait les raccompagner, elle eut soudain besoin de savoir précisément combien de temps il leur restait. Elle ne voulait pas que leurs derniers instants soient gâchés par l'anxiété, la tristesse, et la perspective désespérée d'un avenir sans lui. Elle s'était embarquée dans cette aventure folle, tourbillonnante et magnifique et elle ne regretterait pas une seconde ce qu'ils avaient partagé, même si son cœur était brisé.

L'adage selon lequel il vaut mieux avoir aimé et tout perdu que de ne pas avoir aimé était vrai, mais cela ne l'empêchait pas de se préparer un peu à la chute.

— Alors...

— Je commence à me méfier quand tu commences une phrase comme ça, lança Malik en souriant.

Lucy ignora sa remarque. Heureusement, il ne conduisait pas et ainsi elle avait toute son attention.

— Je te remercie encore pour ta proposition de m'aider à gravir les échelons de ma carrière...

— Tu devrais y réfléchir sérieusement, insista Malik. Un diplôme de mathématiques t'ouvrirait beaucoup plus de portes.

— Comme je te l'ai dit, je m'en sortirai très bien sans. Mais ce que j'aimerais connaître maintenant, c'est la date à laquelle je pourrai commencer à planifier mon retour. Comme ça, je demanderai à une de mes sœurs d'aller faire les courses afin que mon frigo soit rempli quand je rentre.

— Tu me demandes un préavis pour savoir quand aller faire tes courses ? lui demanda-t-il en haussant les sourcils d'un air perplexe.

— Ce n'est pas une blague, Malik. Je vais me rendre à des entretiens d'embauche quand je serai rentrée à Londres et je ne peux pas m'organiser si je ne sais pas quand cela aura lieu, n'est-ce pas ?

— Tu n'as pas besoin de commencer à chercher du travail tout de suite, grogna-t-il en fronçant les sourcils. Je ne te presse pas de partir.

— Je sais bien, répondit-elle doucement. Jamais tu ne ferais cela. Mais je ne vois pas l'intérêt de rester oisive quand je serai rentrée. Ce n'est tout simplement pas dans ma nature.

— Avons-nous vraiment besoin d'avoir cette conversation maintenant ?

— Je n'arrive pas à croire que tu dises ça, Malik ! s'exclama Lucy avec un sourire ironique. Combien de fois t'ai-je entendu déclarer que seuls les imbéciles remettent au lendemain ce qu'ils peuvent faire le jour même ?

— Rappelle-moi de ne plus partager ces perles de sagesse avec toi à partir de maintenant, rétorqua-t-il en lui lançant un regard brûlant, si bien qu'elle dut prendre une grande inspiration afin de ne pas se laisser déconcentrer.

— Je ne serai plus là pour les partager, répondit-elle plus sèchement qu'elle ne l'avait prévu. Donc…

— Une semaine et demie, puisque tu m'obliges à fixer un délai, lança-t-il d'un ton bourru. Comme tu le sais, le transfert des responsabilités aux différents collaborateurs s'est déroulé plus vite que prévu, et dans la mesure où mon père accepte de revenir travailler à mi-temps, il pourra prendre en charge le reste de l'activité.

— C'est plus court que ce que je pensais... Très bien.

Elle inspira lentement et se força à afficher un sourire.

— Je comprends que ton père ait envie de s'y remettre, reprit-elle d'une voix légère. Il doit trouver ennuyeux, à force, de rester à la maison tailler les rosiers et taper dans des balles de golf.

Malik éclata de rire avant d'adresser à Lucy un regard empreint de chaleur. Les joues de la jeune femme étaient délicieusement roses et les mèches folles de ses cheveux blonds et bouclés lui donnaient une sensualité sauvage et brute dont elle n'avait même pas conscience.

Il y avait eu des moments au cours de la soirée où il avait tellement eu envie d'elle qu'il avait failli lui sauter dessus pour la ramener au palais et lui faire l'amour. Il lui suffisait de penser au poids de ses seins dans ses mains pour que son sexe durcisse aussitôt.

Il n'avait pas envie d'évoquer son retour à Londres, même si le sujet lui trottait dans la tête. Bien sûr, tout ce que Lucy disait avait du sens et il aurait dû lui être reconnaissant pour son approche pragmatique d'un avenir qu'il n'était pas tout à fait prêt à accepter.

Pas quand il brûlait encore si fort pour elle.

Malik avait l'habitude de prendre les devants quand il s'agissait de mettre fin à une relation. Cette fois-ci, Lucy l'avait devancé et il serrait les dents. Se montrait-il égoïste en voulant plus d'elle ? Il devait à tout prix se rappeler qu'il avait choisi de suivre une autre voie. La seule qu'il était prêt à emprunter.

Il épouserait une femme appropriée. Ce moment était venu et il accomplirait son devoir sans broncher.

Lucy était comme un navire qui passait dans la nuit et, ainsi qu'ils l'avaient tous deux admis, ce qu'elle voulait était hors de sa portée. Tout ce qu'il pouvait faire était donc de lui souhaiter bonne chance dans sa recherche du prince charmant.

Pourtant, au fond de lui, Malik était vexé qu'elle semble accepter si facilement la situation. Mais était-ce seulement son ego qui était blessé ?

— Je ne pense pas que mon père reconnaîtrait un club de golf si je lui en mettais un sous le nez, admit-il en souriant.

Il baissa les yeux vers le beau visage de Lucy et se délecta de la voir légèrement frémir. Et quand son regard se posa sur ses cuisses, elle rougit et se tortilla légèrement sur la banquette de la voiture.

— Autrefois, il se débrouillait plutôt bien au polo, ajouta-t-il.

— Ne dit-on pas que c'est le sport des rois ?

— Pas des monarques de soixante ans qui se remettent d'une crise cardiaque.

— Tu sais que tu peux être drôle, quand tu le veux ?

— Je fais de mon mieux.

— À quoi ton père va-t-il occuper son temps libre ?

— Mes parents sont très impliqués dans diverses organisations caritatives à travers le pays, expliqua Malik. Ils s'engagent dans l'accès à l'eau potable, l'irrigation et l'éducation des régions les plus reculées.

— C'est formidable, murmura Lucy.

— Oui, reconnut-il à voix basse.

— Crois-tu que vous poursuivrez cette tradition avec ton… épouse ?

— Lucy, je n'ai même pas encore rencontré cette soi-disant femme qui va entrer dans ma vie. Comment diable pourrai-je savoir ce qu'elle aimera faire ou pas ?

— C'était juste une question…

— Ce n'est pas ainsi que j'imaginais la fin de notre soirée.

— Parce que quand tu es avec moi, tu ne penses qu'au sexe !

— Ce n'est pas vrai ! répliqua Malik d'un ton indigné. Tu sais très bien que ce que nous partageons va bien au-delà.

— Vraiment ?

— Qu'est-ce qui t'arrive, Lucy ? Pourquoi me chercher querelle après la soirée merveilleuse que nous venons de passer ?

— Ce n'est pas déraisonnable de poser quelques questions, protesta-t-elle. Je ne veux pas me réveiller un matin et découvrir que ma valise est prête et mon billet d'avion posé sur la table de nuit. Une semaine et demie, ce n'est pas très long. J'ai besoin de préparer mon retour. Si c'est un délai précis, je peux commencer à m'organiser.

Malik leva les mains au ciel sans cacher son irritation.

— Comment être parfaitement précis dans ce domaine ? Ta sœur a besoin de savoir quel jour elle ira t'acheter un pack de lait ?

Il s'interrompit et lui lança un regard intense.

— Et puis qui sait ? Peut-être ne trouverai-je personne... Peut-être que ce qu'il y a entre toi et moi n'est pas...

— N'est pas quoi ?

— Il suffit que tu me regardes pour que je brûle pour toi, avoua-t-il, presque à contrecœur. Quand nous avons fait l'amour la première fois, je ne m'attendais pas à une telle intensité. Que dirais-tu que je repousse la date du mariage ?...

— Malik, je ne crois pas que ce soit une bonne idée.

— Que veux-tu dire ?

— Je ne veux pas que tout cela se passe selon tes conditions.

— T'ai-je donné l'impression que c'était le cas ?

— J'ai grandi au sein d'une famille nombreuse où, pour faire entendre sa voix, il fallait être capable de se défendre et de ne pas laisser les autres parler à sa place. Alors, je ne peux pas rester là, à attendre simplement que tu te lasses de moi, expliqua-t-elle d'une voix faible.

Il lui lança un regard sombre.

— Je n'aime pas l'image que tu me renvoies de moi-même, maugréa-t-il.

— Malik, murmura Lucy d'une voix douce, tu es un homme qui a l'habitude d'obtenir ce qu'il veut, n'est-ce pas ? Avec les femmes, les affaires, et dans la vie en général. Tu as parlé d'un bal. Sais-tu quand il aura lieu ?

— Samedi prochain.

— D'où ce délai d'une semaine et demie, reprit-elle à voix basse. C'est de cela qu'il s'agissait ce soir ?

— Que veux-tu dire ? demanda-t-il d'un ton perplexe.

— Cette soirée était vraiment... merveilleuse, Malik. Je m'en souviendrai toute ma vie. Mais était-ce ton bouquet final ?

— Je ne comprends pas ce que tu dis...

— Était-ce ta manière de me dire adieu ?

— Bien sûr que non... Je voulais te montrer à quoi ressemble le désert la nuit. Je voulais que ce soit beau.

Malik s'interrompit en repensant à la soirée qu'ils venaient de passer. Il avait tout organisé lui-même, y compris le choix des chefs qui leur prépareraient ce somptueux dîner. Tout cela revêtait un parfum de romantisme et, l'espace de quelques secondes, il avait été surpris par le plaisir intense que cela lui avait procuré.

Lui, le type qui avait horreur du romantisme.

Et maintenant, il était là à tenter de prolonger leur histoire. Le vent de la raison se leva en lui. Que lui arrivait-il ? Avait-il oublié que laisser libre cours à ses émotions était la meilleure façon de courir au désastre ?

Surtout pour un homme dans sa position. Son devoir envers ses responsabilités et son pays étaient prioritaires. Il devait à tout prix placer la raison au-dessus des sentiments.

Ce qu'il éprouvait en cet instant, assis sur le siège arrière de sa voiture en compagnie d'une femme dont il ne parvenait pas à se passer le rendait... vulnérable.

Cela devait cesser.

— Tu as raison, reprit-il d'un ton ferme. Tu as besoin d'une date précise. Mes parents tiennent à ce que tu viennes au bal, et pour toi ce sera l'occasion d'alimenter ton réseau en rencontrant des personnes qui ont des intérêts financiers considérables à Londres. Je ferai ma part en te fournissant une lettre de recommandation qui reflétera tes compétences. Mais dès le surlendemain, je m'assurerai que tu es confortablement installée dans un siège de première classe à destination de Londres.

Ils se regardèrent en silence pendant quelques instants qui lui semblèrent durer une éternité. Puis Lucy fut la première à détourner le regard.

— C'est parfait, murmura-t-elle. Cela donnera à ma sœur tout le temps d'aller m'acheter du lait.

9

Lucy était en proie à un tourbillon d'émotions contradictoires. Une tristesse absolue, une détermination à garder le sourire, une impuissance totale face à l'inévitable et à la promesse du désespoir qui l'attendait.

Elle baissa les yeux sur la robe étalée sur le lit. Celle qu'elle s'apprêtait à revêtir pour le bal qui l'attendait dans moins d'une heure et demie.

Les dix derniers jours avaient filé à toute allure. Comme si, une fois la date fatidique de son départ fixée, les aiguilles de l'horloge avaient accéléré leur mouvement, résolues à ce que rien ne vienne s'opposer à leur séparation.

Tous deux avaient mis de côté leur travail, et leur quotidien avait soudain revêtu l'allure de vacances. Malik lui avait fait découvrir le Sarastan. Lucy avait été émerveillée par le désert mais elle s'était rendu compte bien vite que ce pays avait beaucoup plus à offrir que ses dunes et ses oasis. Ses villes étaient modernes et animées. Ses hôtels incroyablement beaux et luxueux. Ils avaient pris des verres dans plusieurs d'entre eux, y passant même la nuit entière, une fois, car leur désir était tel qu'ils n'avaient pas résisté à la tentation d'y prendre une chambre. Lucy n'avait jamais vu autant de marbre, de cristaux suspendus et de plantes d'intérieur luxuriantes.

Malik l'avait emmenée dans la vieille ville où elle avait été charmée par les souks, si différents des boutiques de luxe haut de gamme qui jalonnaient les trottoirs immaculés de la capitale.

Ils étaient allés sur la côte et elle avait découvert des plages sublimes de sable blanc et d'eau turquoise. La mer était délicieusement chaude et ils avaient longuement nagé et joué dans les vagues avant de s'allonger sur la plage, les yeux perdus dans l'immensité du ciel, plongés chacun dans leurs pensées.

Cela allait être si difficile de se mettre à la recherche d'un nouvel emploi à son retour…

Lucy avait goûté au paradis et rien ne pourrait jamais rivaliser avec ce qu'elle avait vécu ici.

Elle n'avait parlé de Malik à aucune de ses sœurs, mais elle n'avait pu s'empêcher de se confier à Helen, sa meilleure amie qui était sur le point d'accoucher. En temps voulu, elle raconterait tout à sa famille, mais seulement quand elle serait sur la voie de la guérison.

La vue de la robe sur le lit la ramena brutalement à la réalité. Elle n'avait plus qu'une heure pour se préparer avant d'être conduite au palais des parents de Malik.

Celui-ci serait déjà là-bas. Lucy s'était retenue de lui poser des questions au sujet du bal car c'était trop douloureux, mais rien n'avait pu empêcher son imagination de vagabonder. Et elle pensait avec amertume aux dizaines de femmes sublimes qui devaient attendre de le rencontrer.

Sur un coup de tête, elle saisit l'une de ses sandales et la jeta contre le mur. Un geste futile qui, bizarrement, lui fit du bien. Puis elle se doucha rapidement, se maquilla et se coiffa du mieux qu'elle put, avant d'enfiler la tenue qu'elle avait achetée lors d'un de ses passages au centre-ville. C'était une robe en soie longue d'une teinte bleu-vert, au décolleté sage et aux bretelles fines. Elle tombait droit sous la poitrine, et pourtant quand Lucy observa son reflet dans le miroir, elle eut le sentiment d'être un peu trop habillée. Quant à ses cheveux… En désespoir de cause, elle fixa quelques pinces ornées de perles pour les maintenir en arrière, de sorte que seules quelques mèches retombent sur son visage. Ce serait mieux que rien…

Quand elle sortit une demi-heure plus tard, son chauffeur l'attendait. Et lorsque la Bentley noire remonta lentement la grande cour circulaire pour venir la déposer devant l'entrée du vaste palais, le cœur de Lucy battait la chamade. Il y avait beaucoup de voitures luxueuses et une foule de gens très élégants. Les hommes étaient en tenues traditionnelles ou en smoking et les femmes parées de bijoux et de soies fines. Le palais était chaleureusement illuminé et les domestiques en livrée s'inclinaient respectueusement pour faire entrer les invités.

Malik lui avait donné la possibilité de ne pas venir.

— Ce n'est pas une obligation, avait-il précisé quelques jours plus tôt tandis qu'ils étaient étroitement enlacés dans son lit.

— Tes parents ne trouveront pas cela bizarre ?

— Ils se remettront de leur surprise.

— Tu penses que je vais trouver insupportable de te voir entourée de jeunes beautés rivalisant pour gagner tes faveurs, c'est cela ?

— N'est-ce pas vrai ?

— Pas du tout, avait-elle répondu d'un ton ferme. Moi aussi, j'ai une liste de princes charmants qui m'attendent impatiemment à Londres.

Malik n'avait rien répondu. En vérité, il savait parfaitement qu'elle aurait du mal à gérer la situation, bien qu'elle prétende le contraire. Raison de plus pour se montrer ce soir, même si cette perspective la rendait folle de tristesse.

Et puis, voir Malik jouer son rôle lui permettrait de clore plus facilement le chapitre de leur histoire. L'observer en compagnie de la femme qu'il épouserait bientôt la plongerait dans une réalité qui balayerait toutes les illusions qui pouvaient lui rester.

Bien, se murmura-t-elle à elle-même tandis que la Bentley

s'immobilisait devant la vaste entrée du palais ornée de fleurs et de lampions. *Que la fête commence*.

Elle prit une grande inspiration, puis elle sortit de la voiture et s'avança vers le hall d'entrée. Un petit verre lui ferait le plus grand bien…

Dans la salle de bal, Malik tira nerveusement sur son nœud papillon avant de saisir une deuxième coupe de champagne sur le plateau d'un domestique qui passait près de lui. Comme il s'y était attendu, la soirée avait été préparée à la perfection. L'aile du palais dans laquelle se déroulait la fête avait été décorée de façon royale. Des guirlandes de fleurs blanches et violettes s'enroulaient autour des colonnes de la salle et les lustres polis étincelaient de mille feux. Les serveurs proposaient champagne et canapés délicieux aux convives qui avaient commencé à arriver peu après 19 heures. Beaucoup d'entre eux étaient des familles proches, dont les enfants avaient plus ou moins son âge, et il reconnut parmi eux d'anciens camarades d'école avec qui il avait joué au rugby autrefois. Cela lui faisait plaisir de les revoir.

Sa mère lui avait assuré qu'il n'y aurait pas de présentations formelles. Dans un geste rare de tendresse, elle avait ajusté le nœud papillon de Malik, puis elle avait reculé en lui conseillant de profiter de sa soirée. Malik avait failli lui rétorquer que ce bal n'était pas ce qu'il aurait décrit comme un moment de détente particulièrement relaxant, mais il s'était contenté de lui sourire en lui promettant de faire de son mieux.

Il sirota son champagne. De là où il se tenait, dos à l'un des murs de la salle de bal, il bénéficiait d'une vue panoramique. La vaste pièce donnait sur des espaces plus petits aménagés en salons confortables et on avait élégamment disposé sur de grandes tables recouvertes de lin blanc une succession de plats tous plus appétissants les uns que les autres.

On lui avait présenté plusieurs jeunes femmes. Toutes étaient vêtues de manière traditionnelle et richement parées de soies et de bijoux. Toutes étaient soigneusement maquillées et coiffées et toutes avaient pudiquement prétendu qu'elles n'étaient pas là pour séduire le célibataire le plus convoité du royaume. Ces belles femmes soumises feraient d'excellentes épouses pour un homme tel que lui. Elles étaient puissantes, riches et éduquées à apaiser les tensions quotidiennes d'un homme aux hautes responsabilités. Elles sauraient que, pour leur mari, le travail serait toujours une priorité, que ce soit à Londres ou au Sarastan. Elles ne s'attendraient pas à de grandes déclarations d'amour ni à l'excitation grisante de gestes romantiques.

Celle qu'il choisirait serait dotée avant tout de sens pratique et de raison. Comme ses parents.

Où diable pouvait bien être Lucy ?

Au moment où Malik se posait la question, il regarda vers la porte d'entrée et elle apparut. Il se figea et retint son souffle. L'espace d'une seconde, il oublia toutes ses résolutions et les raisons pour lesquelles il était là ce soir.

À côté de la perfection sophistiquée des autres femmes, Lucy semblait si naturelle qu'il en eut le souffle coupé. Elle était belle à en mourir.

La masse de ses boucles blondes était retenue en arrière mais quelques mèches folles tombaient en vague autour de son visage en forme de cœur. Elle avait mis une pointe de rose sur ses joues et sur ses lèvres pleines et parfaites. Mais à la réflexion, la couleur de ses joues était sans doute liée à son embarras évident. Elle restait immobile, jetant des regards hésitants autour d'elle et serrant dans ses mains un petit sac avec une chaîne en bandoulière.

Incapable de bouger, Malik la fixait, fasciné. Elle portait une robe magnifique en soie tourbillonnante de vert et de bleu qui soulignait élégamment ses seins lourds qu'il avait tenus dans ses mains quelques heures plus tôt. Ses courbes étaient joliment mises en valeur par l'étoffe fine qui tombait jusqu'à ses chevilles. Elle ressemblait à une déesse : aussitôt, son sexe durcit dans son caleçon.

Diable... c'était totalement inapproprié. Leur temps était révolu, il le savait.

L'apparition de Lucy à ce bal n'était que la dernière pièce d'un puzzle qu'ils n'auraient jamais dû commencer à assembler. Et pourtant, Malik ne regrettait pas une seconde ce qu'ils avaient vécu.

Il s'écarta du mur et commença à s'avancer vers elle, mais alors il sentit un contact léger sur son bras. Il se tourna et aperçut l'une des femmes qu'on venait de lui présenter.

Comment s'appelait-elle, déjà ? Ah oui, Irena.

— La danse va bientôt commencer, Malik, déclara-t-elle en lui adressant un sourire enjôleur.

— Comment ? répondit-il en tirant sur son nœud papillon.

Il ne put s'empêcher de froncer les sourcils en voyant qu'elle tendait la main pour le réajuster comme avait fait sa mère, un peu plus tôt.

— Un groupe va jouer dans la véranda, reprit la jeune femme. Il est prévu qu'on y danse.

— Formidable.

Il lui adressa un sourire poli mais il était pressé d'aller secourir Lucy qui était manifestement mal à l'aise. Il savait que si son assistante paraissait sûre d'elle, ce n'était que superficiel, et il n'aimait pas qu'elle se sente mal, perdue dans cette foule d'inconnus. Même si leur histoire était terminée, il était de son devoir d'aller l'accueillir.

Ne souhaitant offenser personne et encore moins cette belle femme qui le fixait avec une lueur d'espoir dans les yeux, il la pria de l'excuser et accepta sa demande polie de lui réserver la première danse.

Puis il se précipita vers Lucy avant qu'elle ait l'idée stupide de disparaître.

À l'autre bout de la pièce, s'évertuant à garder son calme car elle rêvait de faire demi-tour et s'enfuir de cet endroit, Lucy repéra enfin Malik.

Elle s'immobilisa et sentit une vague de chaleur lui brûler les joues. C'est exactement ce qu'elle avait voulu et ce dont elle avait besoin, n'est-ce pas ? Le voir en action lors de cet événement où il était censé choisir sa future épouse. Pourtant, son cœur se serrait dans sa poitrine et elle rêvait que la terre s'ouvre sous ses pieds pour l'engloutir. L'amour pulsait douloureusement en elle et elle ferma brièvement les yeux pour ne pas pleurer. Mais quand elle les rouvrit, elle aperçut Malik en train de discuter avec une femme qui lui souriait. Celle-ci était grande et élancée, très brune et très jeune. Ses cheveux étaient relevés en un chignon paré de pierres précieuses et elle était élégamment vêtue d'une robe noire et or. Sa peau était parfaite.

Prise de malaise, Lucy détourna le regard et fit un pas vers la sortie.

— Lucy.

Elle se retourna et, en posant les yeux sur Malik, elle cessa de respirer. Il portait un pantalon noir, une chemise blanche et un nœud papillon. Elle n'avait aucune idée de l'endroit où se trouvait sa veste de smoking. Sans doute l'avait-il jetée quelque part et son nœud papillon aurait rapidement connu le même sort si la belle brune ne le lui avait pas remis en place, quelques secondes plus tôt.

Elle le fixa sans un mot tandis qu'il portait les mains à son cou pour tirer à nouveau dessus.

— Ce fichu truc m'étrangle...

— Mon pauvre... Cela dit, c'est un bon stratagème.

— Que veux-tu dire ?

— C'est un moyen astucieux pour que ces demoiselles te sautent dessus afin de le remettre en place.

Voyant un serveur qui passait près d'elle avec un plateau à la main, Lucy saisit une coupe de champagne et en but rapidement une gorgée. Elle s'efforça de fuir le regard de Malik, dont le parfum boisé et subtil, si familier à ses narines, ne faisait qu'accroître son trouble.

Son cœur battait si vite qu'elle avait l'impression qu'il allait exposer.

— C'est absolument magnifique, Malik. Tes parents ont dû se donner un mal fou pour organiser ce bal.

— Est-ce que tu vas bien ?

— Bien sûr ! Pourquoi n'irais-je pas bien ?

— Parce que ta coupe de champagne est déjà presque vide et que tu es nerveuse. C'est normal. Viens, laisse-moi te présenter quelques personnes. Tu verras qu'elles parlent toutes couramment l'anglais.

Il se tourna à moitié, mais voyant qu'elle restait immobile, il leva les sourcils d'un air interrogateur.

— Ne gâche pas ta soirée pour moi, Malik. Je suis tout à fait capable de me débrouiller seule.

— Ne sois pas bête. Tu ne connais personne, ici.

— Je connais ta mère.

— Je savais que c'était une mauvaise idée…

— De quoi parles-tu ?

— C'est pénible pour toi, Lucy. Je le comprends très bien…

Il se passa nerveusement la main dans les cheveux avant de finir par arracher son nœud papillon et le fourrer dans sa poche.

— C'est dommage ! Ces dames ne pourront plus en profiter.

Comme elle se détestait d'avoir dit cela…

— Lucy !

— Pardonne-moi. C'était déplacé. Elle est très belle et elle a l'air gentil.

— Tu es jalouse ?

— Pas du tout, répondit-elle avec mauvaise foi. Ou alors, juste un peu. Mais ne t'inquiète pas, cela ne m'empêchera pas de passer une bonne soirée.

Malik la regarda en silence pendant si longtemps que Lucy finit par gigoter, mal à l'aise.

— Vas-y, Malik, lança-t-elle en faisant un petit geste de la main. Je vais aller présenter mes respects à tes parents et ensuite je disparaîtrai dans la foule.

— Je doute que tu sois capable de réussir un tel numéro avec cette robe, grogna-t-il.

Pour la première fois depuis son arrivée au bal, Malik se sentait vivant.

Il pouvait à peine se rappeler à quoi ressemblait la jolie femme qui avait réajusté son nœud papillon quelques minutes plus tôt car il n'avait d'yeux que pour celle qui se tenait devant lui à présent. Et il était conscient que c'était une faiblesse à laquelle il ne devait pas céder.

— Merci beaucoup, Malik !

Lucy lui tourna le dos pour s'éloigner mais il la retint par le poignet.

— Tu ne comprends pas ce que je veux dire ? demanda-t-il d'une voix rauque.

— Si, je comprends parfaitement ! s'exclama Lucy en tremblant. Tu veux dire qu'à côté de ces femmes sublimes et sophistiquées, j'ai l'air d'une parfaite idiote.

— C'est le contraire, pour l'amour de Dieu !

— Quoi ?

— Tu sais exactement ce que je veux dire, Lucy.

— Non, pas du tout !

— Je veux dire qu'il suffit que tu apparaisses pour que le reste du monde soit plongé dans l'ombre. Personne ne peut te rater parce que tu es mille fois plus sexy que toutes ces femmes réunies.

Il retira sa main et recula d'un pas sans la quitter des yeux.

Il avait pensé chacun des mots qu'il venait de prononcer et pourtant il n'aurait jamais dû le faire, car c'était totalement inapproprié compte tenu des circonstances.

— Ma mère est dans l'un des petits salons, reprit-il d'une voix plus calme. Laisse-moi t'y accompagner. Je te présenterai à certains de ses amis.

— Je vais bien, décréta Lucy en relevant son menton vers lui. Fais ce que tu as à faire et ne t'occupe plus de moi.

Et sur ces mots, elle fit demi-tour et se fondit dans la foule.

Lucy n'avait pas de difficulté à entrer en contact avec les gens. De plus, elle voulait s'assurer que Malik ne la voit pas rôder seule, comme une âme en peine, soignant du mieux qu'elle le pouvait son cœur blessé.

Non, pas blessé. Détruit et brisé.

Bien sûr, elle avait été réconfortée d'apprendre qu'il la trouvait sexy mais, au fond, cela ne signifiait rien.

Et comme par hasard, Malik restait toujours dans son champ de vision. Du coin de l'œil, elle remarqua à quel point il semblait attirer tout le monde, hommes et femmes confondus.

Il était dans son élément. C'est à ce pays qu'il appartenait. Londres n'avait été qu'une période brève de sa vie. Bientôt, la belle brune qu'elle avait repérée et qui ne semblait pas le quitter de la soirée le ramènerait dans sa patrie.

Lucy se força à sourire et à répondre poliment aux questions qu'on lui posait. La nourriture était exquise et le champagne délicieux, mais elle n'avait goût à rien. Elle prit place à l'une des tables rondes auprès de personnes chaleureuses, mais elle participa à peine aux discussions car son esprit était embrumé de tristesse.

Et dès qu'elle regardait en direction de Malik, elle avait l'impression que l'autre femme était de plus en plus proche de lui.

C'était sans doute celle qu'il choisirait… tandis que Lucy, de son côté, repartirait pour Londres dans l'avion qui l'attendait, deux jours plus tard.

Lorsque minuit sonna, elle prit congé poliment de ses voisins de table puis elle se faufila jusqu'à la table de Nadia et Ali al-Rashid pour les remercier chaleureusement de leur invitation. Le cœur battant, elle s'approcha ensuite de Malik pour lui dire au revoir.

Elle sut parfaitement quand il la repéra, car au même moment le petit groupe qui l'entourait et dont faisait partie la jolie brune se volatilisa, les laissant seuls.

Lucy prit une grande inspiration et s'avança. Elle n'avait plus qu'à lui dire merci et adieu et ce cauchemar serait terminé.

— Lucy…

La voix profonde et basse de Malik lui fit monter les larmes aux yeux, et soudain toutes ses bonnes résolutions partirent en fumée.

— Tu n'es pas obligé, murmura-t-elle sans même s'en rendre compte.

Et quand il leva un sourcil interrogateur vers elle, elle reprit d'une voix tremblante :

— Tu n'es pas obligé d'épouser quelqu'un si tu n'en as pas envie.

Voilà, c'était dit. Tout l'amour et le désir qu'elle ressentait pour lui étaient là, débordant de son cœur, avides d'exister à l'air libre. Elle ferma les yeux une seconde.

— Je t'aime, Malik.

Elle le fixa, consternée par ce qu'elle venait de dire mais déterminée à ne laisser aucun doute subsister avant de disparaître de sa vie pour toujours.

Au diable les conséquences. De toute façon, que pouvait-il arriver de pire à présent ?

— Ne l'épouse pas. Épouse-moi.

Elle vit Malik détourner le regard quelques instants, et quand il posa à nouveau les yeux sur elle, ses traits étaient tendus. Et ses yeux sombres. Vides.

— Lucy...

— Non. Ne dis rien.

— Je suis désolé.

10

Malik regarda Lucy disparaître dans la foule, incapable de faire le moindre mouvement. Il avait eu le sentiment d'être dévoré par le monde toute la soirée, y compris par Irena qui ne l'avait pas lâché d'un pouce, insistant pour qu'il lui fasse l'honneur comme prévu de la première danse. Avant de s'élancer sur la piste, Malik avait regardé autour de lui mais Lucy n'était nulle part.

Il avait deviné ce qu'elle allait dire avant qu'elle prononce ces trois mots dévastateurs. Il l'avait vu dans ses yeux et il avait été frappé de stupeur. Aurait-il dû l'anticiper ? Ils avaient établi un pacte, cependant il savait que ces derniers pouvaient être rompus. Il en avait souvent fait l'expérience avec ses ex-petites amies.

Mais que Lucy lui avoue qu'elle l'aimait…

C'était trop. Il avait paniqué.

Mais surtout, ce n'était pas prévu ! Ce n'est pas ce qu'il recherchait. Ce qu'il voulait, c'était se marier avec une femme raisonnable qui comprenait la vie qu'il menait. Une femme comme Irena.

Il se força à tenir quelques heures de plus au bal, prenant soin de ne s'engager auprès de personne. Il aurait bien le temps de prendre une décision plus tard. En attendant, il devait laisser son cœur s'apaiser après la déclaration de Lucy.

Il savait quand elle partait. Il s'était occupé lui-même de son billet. Son vol était prévu pour le surlendemain. D'ici là, il éviterait de la croiser. Ce serait facile dans la mesure où il disposait d'un appartement en centre-ville. Et quand il retournerait à Londres, Lucy aurait quitté son bureau.

Malik savait que la jeune femme était fière et, sans doute, meurtrie par son aveu. Il aurait pu la rassurer en prétendant que c'était le champagne qui lui était monté à la tête, mais à quoi bon tourner autour du pot plus longtemps ?

Il but beaucoup trop et lorsqu'il se réveilla le lendemain matin dans son appartement, un mal de tête lui vrilla les tympans. Il regarda autour de lui. C'était un décor nouveau et un lit différent. Sans Lucy à côté de lui. Sans son corps tendre et tiède à enlacer, à caresser, à respirer.

Il était près de 10 heures quand son téléphone émit un signal. C'était un SMS de Lucy.

J'ai changé mon vol. Je pars tout à l'heure.

Je viderai mes affaires du bureau demain soir.

Ce sera dimanche et il n'y aura personne.

Prends soin de toi.

Je te souhaite bonne chance pour le reste de ta vie.

Malik caressa l'écran de son pouce, les yeux humides. Ce n'étaient pas des larmes, bien sûr. C'était la fatigue. Pourquoi pleurerait-il alors que c'était ce qu'il avait voulu depuis le départ ?

Pourtant, la douleur qu'il ressentait était insupportable. Toutes ces années passées à se répéter qu'il était insensible aux émotions étaient balayées par un chagrin d'une intensité inouïe.

Bon sang, qu'avait-il fait ?

Il le savait très bien. Jusqu'au bout il s'était bercé de l'illusion qu'il était immunisé contre l'amour. Jusqu'au bout, il avait voulu croire que ce qu'il ressentait pour Lucy était contrôlable. Tout cela parce qu'il avait bêtement cru que c'était mieux pour lui.

Mais à présent, dans la solitude de son luxueux appartement, il mesurait la misère liée à ses erreurs et aux décisions qu'il avait prises. Il avait été aveugle en croyant que ce qu'il éprouvait pour elle n'était que du désir. Il avait oublié la façon dont Lucy le faisait sourire, dont elle le faisait se sentir vivant et chaud à l'intérieur de lui-même.

L'amour était là, bien avant qu'ils couchent ensemble la première fois, or il avait refusé de le voir en face. Et maintenant…

Malik pressa les mains sur ses yeux et un chagrin déchirant le transperça de part en part.

Il était temps de rattraper la situation. Mais était-ce encore possible ?

En arrivant à Londres, Lucy eut le sentiment que tout ce qu'elle avait vécu au Sarastan n'avait été qu'un rêve. Un rêve qui avait eu lieu, mille ans auparavant, quand elle était une personne différente de celle qui se trouvait maintenant dans son studio gris, en train de déballer sa valise.

Elle jeta un œil égaré à cet environnement si éloigné de celui qu'elle venait de quitter.

Elle était épuisée. Pourtant, changer son vol n'avait pas été un problème. Le fait que le prince Al-Rashid ait effectué lui-même la réservation lui avait ouvert toutes les portes.

Mon Dieu, elle ne pouvait pas croire qu'elle avait avoué son amour à Malik…

Elle avait agi sans réfléchir, mais d'une certaine manière, cette confession l'avait libérée. Lucy n'avait pas prévu de le faire. Au contraire, elle comptait partir la tête haute, son amour bien caché au fond de son cœur. Mais là-bas, pendant le bal, tout avait été… trop intense. Ce qu'elle ressentait pour Malik avait brisé ses barrières. Affronter la réalité telle qu'elle était en le voyant dans la vie qu'il avait décidé de mener n'avait pas eu l'effet escompté. Cela ne l'avait pas remise sur la voie de la raison. Bien au contraire… Cela avait été un rappel cruel de ce qu'elle était sur le point de perdre : le seul homme qu'elle aimerait jamais.

Lucy avait tenu bon durant le trajet qui la ramenait au palais mais dès qu'elle avait refermé la porte de sa chambre derrière elle, elle avait fondu en larmes. Elle avait sangloté durant des heures dans son lit puis, le champagne aidant, elle avait fini par s'endormir au petit matin. Son réveil avait été douloureux et malgré son mal de tête, elle avait fait ses bagages et changé rapidement son vol.

L'idée de croiser Malik la faisait paniquer. Alors, elle était sortie sur la pointe des pieds mais elle s'était vite aperçue que le palais était vide. En glissant une tête à travers la porte de sa chambre, elle avait compris qu'il n'avait pas passé la nuit ici.

Était-il resté dormir chez ses parents ? Ou chez quelqu'un d'autre ? Chez cette brune, peut-être ? Sûrement pas. Cela aurait été trop mal vu, mais au fond, que savait-elle des coutumes des jeunes femmes modernes du Sarastan ? Qui sait si elles ne faisaient pas la fête comme les Londoniennes jusqu'au bout de la nuit... Cette pensée la fit sourire pendant une minute ou deux.

Elle jeta un coup d'œil à ses vêtements en tas sur le lit. Elle donnerait toutes les robes qu'elle avait rapportées à des associations caritatives afin qu'il ne lui reste aucun souvenir douloureux de son séjour là-bas. Puis, un peu plus tard dans la journée, elle irait au bureau récupérer ses affaires. C'était dimanche et elle ne risquait pas d'être exposée aux regards curieux et aux questions indiscrètes.

Elle pourrait disparaître sans faire d'histoires.

Mais une fois sortie des murs rassurants de son petit studio, Lucy se rendit compte que ce n'était pas si facile que cela. Le simple fait de reprendre son trajet familier en métro lui rappelait ce qu'elle allait laisser derrière elle.

Elle marqua le pas en arrivant devant l'imposant immeuble qui abritait le siège de la société de Malik. Le soleil s'était couché et la rue était très calme. L'automne était bien là et même à travers son jean et le vieux pull qu'elle avait enfilés, elle sentait le froid la picoter.

Elle prit une grande inspiration et poussa la porte tournante dans le hall. Sam, le réceptionniste qui travaillait le week-end, lui adressa un sourire et tenta d'engager la conversation avec elle, mais elle fut incapable de lui répondre.

— Je passe juste faire un peu de rangement, parvint-elle à bredouiller en s'efforçant d'adopter un ton léger.

Sans tenir compte du regard perplexe qu'il lui lança, elle se dirigea vers les ascenseurs et s'engouffra dans une des cabines avant de presser le bouton qui menait à l'étage de son bureau. Sans doute Sam la prenait-il pour une folle mais tant pis. D'ici une demi-heure, elle serait partie d'ici et ne reviendrait plus jamais.

Le cœur battant, Lucy traversa le vaste open space plongé dans le silence, puis elle marqua un temps arrêt devant la porte fermée du bureau de Malik avant d'entrer dans le sien. La pièce était remplie d'un bric-à-brac qu'elle avait accumulé au fil du temps. Il y avait des photos encadrées, des plantes, des stylos de toutes les couleurs et des bibelots en céramique. Elle alluma et jeta un œil à son bureau qui lui apparut tel qu'elle l'avait laissé, quelques semaines auparavant… à l'exception de l'énorme boîte emballée qui était posée dessus. Celle-ci était recouverte de papier d'argent et ornée d'un gros nœud rouge.

Lucy se figea, interloquée.

Qu'est-ce que c'était que ce truc ?

Assis à son bureau depuis deux heures, Malik sursauta en entendant Lucy entrer dans la pièce d'à côté. Jamais il ne s'était senti aussi nerveux.

Attendre sa réaction quand elle découvrirait ce qu'il y avait dans la boîte ? Non, cela lui semblait soudain trop voyeuriste. N'y tenant plus, il sortit et poussa la porte du bureau de la jeune femme.

Ils se regardèrent sans un mot. Très pâle, Lucy le fixa de ses yeux bleus immenses et écarquillés. Elle avait l'air totalement stupéfaite.

— Lucy…

— Que fais-tu ici ?

— Je… Tu ne veux pas t'asseoir ? J'ai peur que tu tombes…, ajouta-t-il en s'avançant pour faire rouler son fauteuil de bureau en cuir jusque derrière elle.

— Que fais-tu ici ? répéta-t-elle d'une voix stridente sans bouger d'un centimètre. Pourquoi es-tu venu alors que tu savais que je serais là pour récupérer mes affaires, Malik ? Pourquoi maintenant ?

— Parce que…

Il s'interrompit, hésitant, et hocha la tête en direction de la boîte.

— Lucy, est-ce que tu veux bien ouvrir ce paquet ? C'est pour toi…

— Tu veux te racheter une bonne conscience, Malik ? lança-t-elle d'une voix teintée de cynisme et d'amertume qui lui serra le cœur.

Ignorant sa proposition, elle se pencha pour ouvrir les tiroirs de son bureau et y fourrer tout ce qu'elle trouvait dans l'un des sacs qu'elle avait apportés.

— Inutile de te sentir coupable, reprit-elle à voix basse sans le regarder. Ni d'avoir pitié de moi. Je suis parfaitement capable de tourner la page, quoi que tu en penses…

— Ce que tu m'as dit…

— Eh bien ? s'exclama Lucy d'un ton furieux en levant les yeux sur Malik, mais alors elle vit dans son regard qu'il était aussi bouleversé qu'elle. Et d'ailleurs, comment diable as-tu fait pour arriver aussi vite ? enchaîna-t-elle d'un ton accusateur avant que ses yeux se brouillent de larmes.

— Quand tu es partie… je suis allé dans mon appartement du centre-ville. Puis j'ai pris mon jet privé. Je n'avais pas la patience d'attendre un vol régulier. Il fallait que je vienne… que je te voie.

— Alors maintenant, c'est fait ! Tu peux repartir dans ton avion au Sarastan et reprendre... Dieu sait ce que tu faisais là-bas.

Elle était horrible, elle se détestait mais c'était plus fort qu'elle. Comment garder son sang-froid alors que Malik se tenait devant elle, comme la matérialisation de son pire cauchemar ?

— Tu le pensais vraiment... quand tu as dit que tu m'aimais ?

Lucy le fixa, furieuse qu'il lui ait demandé cela, furieuse qu'il soit là, et pourtant incapable de nier la véracité de ses déclarations.

— Qu'est-ce ça peut faire ?

— Beaucoup... La boîte qui est là ne sert pas à me racheter une conscience, Lucy. Ouvre-la.

Elle obtempéra. À quoi bon résister ? Plus tôt elle le ferait, plus vite elle pourrait partir d'ici. Rester dans la même pièce que lui était trop insupportable.

La boîte était énorme. Avait-il décidé de lui offrir un nouvel ordinateur comme cadeau de départ ? Elle commença à déchirer le papier épais et précieux et le nœud rouge tomba à terre. En se baissant pour le ramasser, elle devina le regard sombre de Malik posé sur elle et quand leurs yeux se croisèrent, elle fut incapable de savoir ce qu'il pensait. Son visage était comme un masque impassible.

Les yeux pleins de larmes, Lucy continua à arracher le papier argenté, couche après couche puis, alors qu'elle était sur le point d'abandonner, pleine de colère et de frustration, elle aperçut une minuscule boîte en velours noir. Elle s'immobilisa et la fixa sans oser la toucher.

— Qu'est-ce que c'est ? demanda-t-elle d'un air méfiant.

— Regarde.

Elle saisit l'écrin, les doigts tremblants, et quand elle l'ouvrit, elle découvrit une bague ornée du diamant le plus gros et le plus pur qu'elle ait jamais vu.

Elle s'agita, incapable de contenir la vague d'excitation qui se levait en elle.

Malik franchit en quelques pas la distance qui le séparait du bureau de Lucy.

— Acceptes-tu de m'épouser, Lucy ?

— Pardon ? fit-elle en clignant des yeux, confuse.

— Je veux que tu sois ma femme. Es-tu d'accord pour te marier avec moi ?

— Me marier avec toi ? Comment peux-tu me demander cela alors que tu es déjà à moitié engagé avec une autre ? s'exclama-t-elle d'une voix aiguë.

— Asseyons-nous, murmura-t-il. Ce n'est pas une conversation à avoir debout, de part et d'autre d'un bureau. D'ailleurs, ça me fait penser que j'avais des consignes à te dicter pour que tu les retranscrives, ajouta-t-il en souriant timidement.

Le cœur battant et les jambes vacillantes, Lucy parvint à atteindre le canapé et à s'y installer. Elle n'arrivait à penser à rien. Malik prit place à côté d'elle et il plongea ses yeux dans les siens.

— Tu es sous le choc, fit-il lentement.

— Ça te surprend ?

— Non.

— La dernière fois que je t'ai vue, tu m'as fait comprendre clairement ce que tu pensais de moi, déclara-t-elle d'une voix pleine d'amertume.

Elle était déterminée à ne pas se laisser perturber par la bague qui, posée dans son écrin sur le bureau, étincelait de mille feux.

— Lucy, fit Malik d'un ton grave. Je me suis toujours dit que l'amour, la romance et les complications qui en découlent ne feraient jamais partie de ma vie. J'étais résolu à suivre le chemin qu'avaient pris mes parents en optant pour un mariage arrangé où il n'y aurait aucun malentendu possible.

Il s'interrompit en soupirant.

— Et puis, nous avons commencé... ce que nous avons commencé, reprit-il avant de tendre une main pour entrelacer ses doigts aux siens. Tout m'a semblé si merveilleusement unique. Cela aurait dû me faire comprendre ce que je ressens vraiment pour toi…

— Et que ressens-tu vraiment ? demanda-t-elle d'une voix émue en voyant qu'il ne terminait pas sa phrase.

— De la dépendance ?

— De la dépendance ?

— Je suis amoureux de toi, ma chérie. Et si je n'ai pas eu le courage ou l'esprit de m'en rendre compte avant, je serais heureux de passer le reste de ma vie à tâcher de me faire pardonner cette erreur.

Lucy le fixa d'un air grave.

— Mais qu'en est-il de tes plans de mariage ? Et cette brune avec qui tu as passé toute la soirée ? Je m'attendais presque à une annonce officielle avant la fin du bal…

— Ce ne serait jamais arrivé, décréta Malik. La seule femme que je voyais ce soir-là, c'était toi. La seule voix que je voulais entendre, c'était la tienne. La seule personne avec qui je voudrais passer le reste de ma vie, c'est toi. Je ne l'ai compris que ce soir-là. C'est la raison pour laquelle je veux savoir si tu étais sincère en me disant que tu m'aimais. J'ai été un idiot mais m'accepteras-tu à présent ? Me pardonneras-tu d'avoir été aveugle ?

Le visage de Lucy s'éclaira d'un sourire.

Elle se pencha vers Malik pour lui effleurer la joue de ses doigts. Ce cher visage qu'elle connaissait si bien. Comment avait-elle pu imaginer qu'elle parviendrait à l'oublier ?

Il avait été aveugle, mais elle avait été inconsciente de croire qu'elle pourrait se remettre de leur séparation.

Alors, accepterait-elle d'épouser cet homme complexe, puissant et vulnérable dont elle était éperdument amoureuse ? Son cœur battait si fort dans sa poitrine qu'il allait éclater. Et une vague de joie se leva en elle comme un tsunami qui menaçait de tout emporter, mais elle se força à garder l'air sérieux pour lui répondre.

— Te pardonner ton aveuglement ? Ça devrait être jouable. Quant à t'épouser ? Je dois jeter un œil à mon agenda, mais il est possible que je trouve un créneau.

Épilogue

— Mère voudrait savoir si un palais ne serait pas un cadeau trop extravagant pour notre fils, demanda Malik en se tournant vers Lucy.

Celle-ci sourit et déposa le magazine de décoration intérieure qu'elle feuilletait sur la table de chevet de l'immense lit à baldaquin de leur chambre.

— Notre fils... n'est pas encore né, nota-t-elle en lançant un regard attendri à son mari qui posa délicatement la main sur son ventre arrondi.

Elle était enceinte de huit mois et demi et trouvait très amusant que Malik soit beaucoup plus nerveux qu'elle au sujet de la naissance imminente de leur petit garçon. Il avait tenu à préparer lui-même sa valise pour l'hôpital, six semaines auparavant, et elle s'était contentée de lever les yeux au ciel en lui disant que c'était légèrement exagéré.

Les derniers mois s'étaient écoulés à une vitesse folle. Leur mariage s'était déroulé aussi merveilleusement que prévu. Seuls les amis proches et la famille avaient été conviés.

Lucy s'était inquiétée de décevoir les parents de Malik par la modestie de la cérémonie, loin de la magnificence d'un mariage arrangé. Avec sa franchise habituelle, elle avait fait part de ses préoccupations à la mère de Malik avec qui elle entretenait désormais un lien très étroit. Mais Nadia al-Rashid l'avait embrassée en lui confiant que si Ali et elle avaient dû se soumettre à la tradition, ils auraient préféré eux aussi une cérémonie intime.

Petit à petit, Malik ouvrait les yeux sur la véritable personnalité de ses parents, que Lucy avait cernée dès le départ.

Elle prit la main de son mari dans la sienne et elle l'attira vers elle pour déposer un doux baiser sur ses lèvres.

— Je pense qu'un palais en jouet fera très bien l'affaire, reprit-elle en souriant. Même si je suis sûre qu'à terme tes parents ne résisteront pas à l'envie de lui en offrir un véritable.

— Ce sera difficile de ne pas le gâter, admit Malik en lui lançant un regard éperdu d'amour. Aussi difficile que ça l'est pour toi, quand tu me le permets.

— Tu me gâtes bien assez...

— Tu refuses les perles et les diamants que je veux t'offrir !

— J'ai tout ce dont j'ai besoin, dit Lucy en baissant les yeux vers son ventre, car elle venait de sentir bouger son bébé. Je t'ai, toi...

Vous avez aimé ce roman ?
Retrouvez en numérique l'histoire de Helen,
la meilleure amie de votre héroïne, dans :
Une sulfureuse négociation